公主傳奇 之 ㉒

公主的故事日

馬翠蘿 著

靚 圖

新雅文化事業有限公司

www.sunya.com.hk

公主傳奇

公主的故事日

作　　者：馬翠蘿
繪　　畫：靛
策　　劃：甄艷慈
責任編輯：周詩韻
美術設計：李成宇
出　　版：新雅文化事業有限公司
　　　　　香港英皇道499號北角工業大廈18樓
　　　　　電話：(852) 2138 7998
　　　　　傳真：(852) 2597 4003
　　　　　網址：http://www.sunya.com.hk
　　　　　電郵：marketing@sunya.com.hk
發　　行：香港聯合書刊物流有限公司
　　　　　香港新界大埔汀麗路 36 號中華商務印刷大廈 3 字樓
　　　　　電話：(852) 2150 2100
　　　　　傳真：(852) 2407 3062
　　　　　電郵：info@suplogistics.com.hk
印　　刷：中華商務彩色印刷有限公司
　　　　　香港新界大埔汀麗路 36 號
版　　次：二〇一八年一月初版

ISBN：978-962-08-6964-8
© 2018 Sun Ya Publications (HK) Ltd.
18/F, North Point Industrial Building, 499 King's Road, Hong Kong
Published and printed in Hong Kong

目錄

第 1 章　被大魚釣走的曉星

周曉星是個徹頭徹尾的倒楣鬼！

別人釣魚，他卻給魚釣了。上了鉤的一條大魚硬是把他連人帶魚杆扯下了水中。

別人掉落水中，大不了一身濕透狼狽地爬上岸，他卻獨具一格，掉進水裏就直接穿越到了另一個平行世界，變成了衣衫襤褸、一身蚤子的小乞丐。

曉星小時候很渴望穿越，常常幻想自己有朝一日也能穿越時空，變成皇帝、大將軍或者小王子什麼的，從此傲視天下。只要一聲號令，全世界人民就齊聚在他的旗下，擁護支持加聽命；只要動動手指頭，那些壞人惡人、妖魔鬼怪就拜伏在他的腳下，大叫「大王饒命，小的不敢了。」

或者去古代造紙、發明槍炮、製造飛機火車輪船等等等等，為那古老歲月添上無數現代科技發明，硬生生把科技革命提早千百年。

他還設想了無數種穿越方法，最正常的就是認識了一位科學怪人，乘坐科學怪人造出的時空機穿越；或者是去野營時無意中走進了一個山洞，而這個山洞竟然是時空隧道，從山洞的另一頭出來就到了另一個

5

世界⋯⋯

　　托小嵐姐姐的福，曉星真的有了好幾次穿越之旅，雖然沒有希望中的成了皇帝或者大將軍，但也跟着小嵐姐姐做了好多驚天動地的大事。比如拯救烏莎努爾歷史呀，救了被奸臣害死的秦朝太子扶蘇呀，幫助了明朝皇帝朱允炆呀，還有在未來世界打敗了機械人挽救了蘋果星等等等等。用曉星自己的話説，每一次穿越都是高端、大氣、上檔次的。

　　萬萬沒有想到，他這次被魚兒釣到水裏，一跌之後再睜開眼睛，竟然發現自己躺在天橋下一張破破爛爛的草蓆上面，成了一個連溫飽都不能保障的小可憐。

　　「小五，你醒啦！」一個看臉相大約十五歲左右的男孩子，穿着一件打了很多補釘的衣服，手裏拿着一條傳説中的打狗棒，正激動地看着他。

　　「太好了，小五醒了！」

　　「小五，你把我們老大嚇壞了，幾天幾夜都沒睡好覺，真怕你就這樣昏迷下去，醒不來了。」

　　「小五⋯⋯」

　　另外幾個看上去大約十四五歲的男孩子，也都一臉興奮，七嘴八舌地説話。

　　「別別別別別過來，別過來！」曉星一骨碌地坐

6

了起來，縮成一團，尖叫起來。

被幾個衣衫襤褸、髒兮兮的小乞丐兩眼放光芒的圍着，那種詭異，相信換了誰都覺得汗毛倒豎。

「這、這是什麼地方？」曉星結結巴巴地問。

「這是空空城，天宙國的首都呀！」回答的是一個看上去有點瘦弱的少年。

曉星困惑地眨眨眼：「天宙國，這是什麼國家？新成立的嗎？」

一個眼睛亮亮、挺精神的男孩說：「小五，你燒壞腦子了？什麼新成立，我們天宙國已經有五十多年歷史了！」

7

「哈哈哈，小五你是從外星球來的嗎？不是我們天球的人！」一個大腦袋傢伙裂開嘴巴笑着。

這裏是天球？曉星心裏暗自叫苦。

唉，你們還真說對了，我真是從外星球來的。準確點說，是一跤跌到外星球來了。

「怎麼啦小五？還有沒有發燒？」手持打狗棒的少年一屁股坐到曉星身邊，伸手就想去摸曉星的額頭。

曉星驚叫一聲跳起來，盡量離少年遠點。自小就有潔癖的他，打死也不能讓那隻髒手摸到。

曉星的反應這樣明顯，小乞丐們就是再笨，也知

道是怎麼回事了。

「你這個忘恩負義的傢伙，你嫌棄我們?!」

「小五，你好過分！要不是老大把你背回來，你早就在廢車場裏死得不能再死了。」

「這幾天，我們『小福幫』把討來的錢全給你買藥了，我們自己餓肚子，每天只能吃一頓飯，早知道讓你病死算了！」

「……」

「……」

曉星讓小乞丐們好一頓指責，他只覺得腦袋嗡嗡響，不禁痛苦地用雙手抱着頭，慘叫着：「小嵐姐姐，救我……」

在小乞丐們驚訝的目光中，曉星衝出包圍圈，跑了。

曉星瘋了似的到處找有水的地方，大概怎麼來的就怎麼回去吧，他認定得從大海回家。幸好很快跑到了海邊，他毫不猶豫地「撲通」一聲跳了進去。可是，他很快就發現自己不但沒有回到原來時空，反而像所有溺水的人一樣迅速沉下水底，當生死懸於一線時，他不再抱任何幻想了，手忙腳亂地用最後一絲力氣浮上水面、爬上海灘。

望着看不到地平線的遼闊海洋，曉星感到前路茫

茫，不由得指着天空大喊：「為什麼?! 為什麼?! 老天爺，我曉星哪裏得罪你了，竟然這樣捉弄我……」

喊累了，他倒在了沙灘上，像一條瀕死的小魚一樣躺着，兩眼無神地望着天空。

他後悔死了，早知道就別遠離兩個姐姐，獨自爬到那塊大礁石上釣魚了。

學校剛考完試，又逢星期天，他和小嵐姐姐、曉晴姐姐結伴去海邊釣魚。小嵐和曉晴選了一棵枝繁葉茂的大樹，在樹蔭下垂釣，而他卻貪玩爬上了一塊礁石，說是坐得高看得遠，更容易釣到魚。沒想到，這回真是遠了，遠到來了外星球，什麼鬼天宙國。

本來嘗試一次「個人穿越」也不錯的，但為什麼不穿越成漢武帝劉徹？為什麼不穿越成唐太宗李世民？為什麼不穿越成足智多謀的諸葛亮？就是穿越成短命的項羽也好啊，起碼到時可以在墓碑上寫着：「我來過，我很霸王。」起碼可以回去以後在姐姐們面前炫耀一番，總好過現在，只是一個被小乞丐撿回來的小五。

正在自怨自艾的，突然，「噗」的一聲，有誰把一個松果扔到曉星頭上，把他嚇了一跳。抬頭一看，見到頭上大樹有幾隻猴子在跳來跳去，松果分明是牠們扔下來的。

見曉星看牠們，猴子們得意忘形地朝他扮鬼臉。其中一隻大胖猴子，還使勁捶着胸口，張開大嘴發出「吼吼吼」的笑聲。

「你⋯⋯你們⋯⋯」曉星摸着發痛的腦袋，又氣又惱。

小時候媽媽常給他講童話故事，其中也有以猴子為主角的，那些猴子分明很善良啊，又是扶老猴婆婆過馬路，又是餵餓肚子的小猴孩子吃果果，怎麼眼前見到的，一隻隻都像街霸小流氓呢！

原來童話故事都是騙人的！

這時候，一隻瘦猴又扔了一個松果下來，「噗」一下正中曉星額頭。

曉星崩潰了，他可是一個泡在蜜糖裏長大的幸福小孩啊，到了烏莎努爾又是受人尊敬的曉星少爺！沒想到現在連猴子都來欺負自己了。

「哇！」曉星當場淚奔、淚流⋯⋯

猴子們更得意了，牠們上躥下跳的、吱吱吱地尖叫着，像是在炫耀：看，我多厲害，連人類的小孩都讓我弄哭了。

「死猴子，敢欺負我家小五！」有人跑來，朝猴子扔去幾塊石頭，欺善怕惡的猴子見到曉星有援軍來了，「嗖」的一下全溜了。

第2章　天橋底下的小福幫

　　來幫忙的是小福幫裏的老大。老大替曉星揉着發紅的額頭：「還疼嗎？你幹嗎跑到這裏？害得我們到處找，你的病還沒全好呢！」

　　「嗚嗚……」身心受創的曉星，發出受傷小獸般的悲鳴。這時才知道有人關心是多麼幸福，那怕是來自小乞丐的關心。

　　「跟我回去吧！」老大拉着曉星的手。

　　「嗯。」曉星乖乖地跟着老大走了。

　　老大一邊走一邊説：「我叫劉大東，你以後就叫我大東哥吧。」

　　曉星老老實實地喊了一聲：「大東哥！」

　　大東又説：「噢，我還不知道你名字呢！因為看樣子你年齡比我們四個都小，所以就叫你小五了。」

　　曉星用手擦了擦鼻涕，説：「我叫曉星，今年十四歲。」

　　「我跟二南三西四北都是十五歲，不過以月份計我最大。以後你就把我們當哥哥好了。」大東説。

　　「嗯。」曉星乖巧地點頭，又問，「大東哥，你們是在哪裏發現我的？」

「廢車場呀！」原來，前天晚上大東他們四個人行乞回來，路過一個廢舊汽車棄置點時，見到曉星身上衣服破破爛爛的，躺在一輛報廢貨車的拖斗裏，滿臉通紅呼吸急促，竟是發着高燒。四個少年猜他大概也是像他們一樣無父無母的小乞丐，便把他背回天橋底。沒錢送他去醫院，便把他們之前好不容易存起來的一點錢，拿去買了退燒藥，給曉星吃下。曉星迷迷糊糊躺了一天兩夜，直到今天早上才醒來。

　　曉星聽了，十分感動：「大東哥，謝謝你們，要不是你們救了我，我可能已經燒壞腦子，或者甚至病死在廢車場了。」

　　大東笑着說：「別婆婆媽媽的，是兄弟，就別再說客氣話。哎，你怎麼一個人跑出來乞討，你還有家人嗎？」

　　曉星當然不能把自己真實經歷告訴他，誰會相信竟然有人會被魚釣到了另一個世界呀！他便編了個故事，說自己是個孤兒，五歲便沒有父母，之後就一直靠討飯過日子。早幾天着涼發燒，倒在廢車場裏，幸好碰到小福幫救了自己。

　　「五歲就一個人出來討飯，真可憐！」劉大東摸摸曉星的腦袋，又拍拍胸口說，「別怕，今後你有四個哥哥了。我正式接納你加入我們小福幫，成為我們

的小五。」

「謝謝，謝謝大東哥！」曉星很激動。來到舉目無親的異世界，碰到這班善良有愛的小乞丐，真是天大的幸運啊！

「仗義每多屠狗輩」，古人的話，真是至理明言啊！曉星為自己之前對小乞丐的嫌棄感到羞愧。

兩人説着話，不一會就回到了天橋底。天橋底靜悄悄，那三個小男孩已不見了蹤影。

大東抬頭看了看對面大廈上面那個大鐘，説：「小五，你病還沒全好，趕快休息吧！小二小三小四他們去市集討錢了，我得去跟他們會合。」

「我……」曉星覺得自己身體已沒什麼事了，不應該還是讓小福幫養活自己。有心跟老大一塊去乞討，但到底拉不下臉，只好悶悶地「嗯」了一聲。

「噢，差點忘了，這是你的東西。我們在廢車場發現你時，你背在身上的。」劉大東把一個背囊交給曉星，「我當時想找找有沒有藥，打開看了看，只有一個筆記本電腦。好傢伙，竟然討飯討到一台電腦！撿的吧？」

曉星的筆記本電腦早前中了電腦病毒，裏面很多檔案都損毀了，後來還連開機都不成。出來釣魚時曉星把電腦放進背囊背了出來，本來打算釣完魚後順路

拿到維修店修理的，沒想到碰上穿越這回事，更沒想到裝着電腦的背囊竟然隨着他一起穿越來了。

可惜是一台壞掉的電腦，只能看沒法用。不過，這畢竟是他從原來世界帶來的東西，留着作個念想也好。他接過背囊，說：「謝謝大東哥。」

大東走後，曉星在草蓆上躺下。附近少有人走動，除了上面天橋偶然有車經過發出聲響，還算安靜，看來小福幫找這個地方落腳也是費了一番心思的。

曉星腦袋枕着雙手，兩眼盯着天橋的底部，呆呆地想心事。不知小嵐她們發現自己不見了，會怎麼樣？一定是以為自己掉到海裏淹死了吧！

曉星不禁展開了想像的翅膀，腦補着自己追悼會的情況——偌大的靈堂裏，擺滿鮮花（哦不！兩個姐姐知道自己愛吃，一定不會放鮮花，而是放上各種美食，像吃自助餐那樣在一張長型桌子上擺得滿滿的），正中掛着自己的巨幅照片。那是自己學生證上的照片，笑得很白癡，嘴巴大張着露出一口白牙，就像賣黑人牙膏的那個傻小子。哀樂奏響了，小嵐和曉晴撲過去摸着他的照片，哭得天昏地暗……

希望親人們別傷心太久吧！曉星收拾着難過的心情。

也許再也不能回家了。但他不甘心做乞丐，也不希望小福幫就這樣一直以乞討為生，吃了上頓沒下頓的過日子。雖然跟他們只是接觸了短短時間，但已被他們的仗義他們的善良感動，很想幫他們一把。

但是，以自己現在一個十四歲的小孩子，又可以幹些什麼呢？曉星越想越苦惱。

一翻身，被背囊裏的電腦硌了一下，他心中閃出一個念頭，便拿出電腦，想試試有沒有奇跡出現。按了開關一下，真沒想到馬上給他一個極大驚喜，電腦屏幕竟然亮了。啊，而且還可以上網呢！

曉星真想大聲唱歌！地球壞掉的電腦居然在天球變回正常，而且還可以進入天球的互聯網，真是太不可思議了。不過，這事跟自己被魚釣到異世界相比，又不算什麼了。

不用白不用，曉星進入了互聯網，他要通過網絡了解一下這個國家。

埋頭幾小時，曉星終於對天宙國有了一個初步了解。這是一個只有五十多年歷史的國家，全稱叫天宙南北聯合王國。五十多年前，有位叫齊望的英雄組織了一支強大的武裝力量，收服了天宙平原大大小小十幾個國家，組成了統一的聯合王國，並成為國王。

天宙國現在的國王是開國國王的兒子，叫齊來。

作為天宙國最高統治者，齊來以下是政府內閣，由四名內閣大臣組成。

四名內閣大臣每三年換一次，由國內四大貴族在族人中選出一名代表擔任。這四大貴族在五十多年前那場統一戰爭中，曾立下顯赫功勛，所以老國王給了他們特權。

因為獨特的地理位置，外國想入侵天宙國十分困難，所以自建國後，都沒有發生過戰爭，人民得到休養生息，到現在為止，已成為一個有着十億人口的國家。

「既是現代化國家，怎麼沒人來幫幫這些可憐的小乞丐。」曉星撇了撇嘴，又開始嘀咕，「唔，也許是因為人口太多，管不了那麼多吧！肯定是了，就像一對夫婦，如果生了十幾個兒女，那他們每人打幾份工都可能沒法養活子女呢！」

「天宙國十大富豪榜？」曉星見了這條標題，便點了進去，他也想看看這國家的貧富懸殊到了什麼程度。

十大富豪，全部屬於范、蔡、胡、牛四大家族的人，排在第一位的資產多達二千六百五十億。

曉星不住地搖頭嗟歎，這麼多錢，幾十輩子都用不完吧？怎麼不拿出一點點來做善事，幫幫像小福們

一樣可憐的孩子呢？真是越有錢越吝嗇啊！

再看下一條新聞：作家范統去年收入一億三千萬。

「哇，好厲害！」曉星大為驚訝。

這范統寫的書究竟有多吸引人啊，有機會真要一睹為快了！

這時，有人在旁邊喊了一聲：「嘿，你是小五嗎？」

曉星嚇了一跳，抬頭一看，是一個大約二十一二歲的大哥哥。他急忙應道：「是，我是小五。你是⋯⋯」

那人說：「大東怕你餓了，讓我拿點東西回來給你吃。」

說着，遞過來一個飯盒。

曉星愣了愣，鼻子一酸，十分感動。他抽了抽鼻子，說了聲謝謝，接過飯盒。

那人瞟了他一眼，說：「感動吧！算你好運，碰到小福幫。真是一班好孩子啊，但好人怎麼就沒好報呢？唉！」

那人搖頭歎息着，又懶洋洋地走到不遠處的一張草蓆上坐下，從衣袋裏掏出一把花生，畢畢剝剝地剝着，又一顆顆地扔進嘴裏。

曉星打開飯盒，見裏面有一半是白米飯，有一半是菜。菜亂糟糟的，青菜、土豆、茄子、肉片，樣樣都有一點。曉星估計一定是哪個食店的顧客吃剩的，大東他們拿來當午飯了。

想到不知是什麼人吃剩的東西，曉星有點噁心。但想想這也許是大東他們自己捨不得吃留給他的，如果自己不吃，豈不是對不起他們的好意。況且，肚子早就餓得咕咕叫了。他咬咬牙，張嘴就把東西往嘴裏扒。

為了轉移心裏對剩飯剩菜的抗拒，他一邊吃一邊打量着幾米外的那個人，見他穿着一件又髒又皺的西裝，樣子十分頹廢。

他也是乞丐？不可能啊！人長得挺斯文的，像是有文化的人。怎麼不去找工作，而靠乞討度日呢？

「看夠了沒有？」那人瞪曉星一眼。

「嘿嘿，對不起！」曉星尷尬地笑了幾聲，又忍不住好奇地問，「哥哥，你也在這裏住嗎？」

「嗯！」

「你沒有工作嗎？」曉星又問。

「工作？有，也沒有。」

「哥哥，那究竟是有呢？還是沒有呢？」

「小屁孩問那麼多幹嗎！」那人眼睛一瞪，想嚇

19

唬曉星，可惜他生了一副文質彬彬的模樣，怎麼瞪也兇不起來。

他又把注意力集中到花生那裏，在口袋裏掏啊掏啊，掏了最後一小把出來，一粒一粒地數着：「一，二，三，四，多乎哉，不多也！」

曉星突然想起了魯迅筆下那個數茴香豆的孔乙己。

「哥哥，我還沒問你名字呢？」曉星又問。

「我叫戴無畏。」

「戴無畏，大無畏，好名字啊！你爸爸媽媽一定是希望你在人生道路上無所畏懼，勇往直前。」

「小屁孩，挺聰明啊！連我父母起名字的原意都能猜出來。」戴無畏稱讚了一句，又説，「可惜啊，可惜事與願違，他們要失望了。我是個懦夫，是個庸才，讓人欺騙讓人打壓也不敢聲張。懦夫啊懦夫，徹頭徹尾的懦夫。」

戴無畏説着，突然大哭起來。

曉星嚇得把筷子一扔跑了過去，蹲在戴無畏面前，輕輕地拍着他的肩膊：「哥哥，不哭不哭，乖！」

沒想到戴無畏像個孩子一樣，拚命把腳往地上跺，哭得更大聲了。

「哦哦哦，別哭了別哭了⋯⋯」曉星急得抓耳搔腮的，不知怎麼辦才好。

正在着急時，那傢伙突然住了聲，往後一倒，不動了。

死了？曉星嚇得魂飛魄散。啊，怎麼哭還能死人！

曉星手忙腳亂地用手試試他鼻子，咦，有呼吸，這才鬆了一口氣。這時聽到打呼嚕聲，那傢伙竟然是睡着了。

真是個奇葩啊！哭着哭着還能睡着了。曉星簡直懷疑這人本來是個小孩子，只不過一朝穿越成了大人。

第 3 章　小乞丐，大夢想

　　傍晚，小福們回來了。曉星合上電腦，站了起來，歡迎哥哥們。

　　「小五，沒事了吧？」大東用手摸摸曉星前額。

　　這回曉星不躲了，笑瞇瞇地接受了大東的關心：「沒事了，謝謝！」

　　大東說：「是兄弟就別再說謝。來，小五，我給你介紹一下。」

　　五個人團團坐到草席上。大東拍拍最瘦弱的一個少年：「這是小二，何二南。」

　　曉星趕緊說：「二南哥好！」

　　大東又指指那個長了一個大腦袋的少年，說：「這是小三，金三西。」

　　「三西哥好！」

　　大東最後點點那個眼睛亮亮挺精神的小傢伙：「這是小四，余四北。」

　　「四北哥好！」曉星睜大眼睛，「大東二南三西四北？真巧！」

　　大東笑着說：「不是巧。我們本來不叫這名字，是在一起生活後，按照年紀大小改的。」

「哦——」曉星點點頭。

四北這孩子有點自來熟，他伸出胳膊一把摟住曉星的脖子，說：「你才是巧呢！大東、二南、三西、四北、小星，把我們五小福湊齊了。緣分，這叫做緣分！」

大東二南三西都使勁點頭，之後大家又一齊鼓掌，嚷嚷着：「歡迎小五加入小福幫！」

「謝謝，謝謝！」曉星高興得笑彎了眼睛。

他突然想起了戴無畏，便指指那個還在睡覺的傢伙：「大東哥，戴哥哥怎麼啦，他也是個乞丐嗎？」

四北搶着說：「他呀，讓人給騙慘了。」

曉星睜大眼睛：「讓人騙了？」

大東說：「聽說是的！他家本來是開出版公司的，據說經營得挺不錯，名氣幾乎追上四大出版公司了。後來發生了一些事，具體什麼事我不知道，只聽說是上了什麼人的當，公司虧空了很多錢。後來公司破產了，他父親氣得病倒了，進了醫院。為了給父親治病，家裏的房子也賣了。父親去世後，戴哥哥沒地方住，便來到這裏做露宿者，白天去給一些小學生補習功課，收入剛好能吃飽，晚上就回這裏睡。」

「啊，戴哥哥好慘啊！」曉星這才明白戴無畏為什麼這樣頹喪。

23

大東看了看正往西方慢慢掉落的夕陽，説：「好幾天沒洗澡了，去海邊洗洗，怎麼樣？」

三西往草蓆上一躺：「有什麼好洗的，乞丐嘛，本來就是髒兮兮的。你們去吧，我睡會兒。」

四北跑過去拽三西：「起來起來，你都四天沒洗了，臭死了！」

三西賴着不起來：「不去不去，死也不去！」

大東走過去，使勁一拉，把三西拉起來了：「去去去！要不我們洗乾淨回來，又讓你給薰臭！」

「好吧！」三西嘟嘟嚷嚷的，一臉的不樂意。

二南和三西四北都去拿了毛巾和替換衣服，大東也從紙箱裏拿了一套自己的衣服，朝曉星手裏一塞，説：「給你。可能大了一點，湊合着穿吧！」

曉星看看已是空空如也的紙箱，又把衣服塞回給大東：「我不能要，要了你就沒得替換了。」

大東不由分説的把衣服塞回曉星手裏，説：「我等會把身上的衣服洗洗，用火烘一會兒就乾了。你病剛好，不能受涼，你穿我的！」

曉星看着手裏的衣服，鼻子一酸差點掉淚。自己真是太幸運了，竟然碰上這麼好的小伙伴。他們窮，但他們又是富有的，因為他們擁有最珍貴的善良和團結友愛。

五小福浩浩蕩蕩地往海邊走去。

太陽在遠遠的海平線上掛着，漫天的火燒雲，把海水染得七彩繽紛的，美極了。五小福在淺水處一邊清洗身體一邊玩鬧，連不大喜歡吭聲的二南也變活潑了，跟四北兩人追着三西潑水，蒼白的小臉也染上了紅暈。

大東洗了一會兒就上岸了，他要撿些樹枝烘衣服。曉星見了，也趕忙上了岸，準備幫忙。

擦乾身體，穿上大東的衣服後，曉星急忙跑去撿了一大把樹枝回來，見到大東已經點着了一堆火，他赤裸着上身，只穿着條小褲衩，用一根粗樹枝挑着衣服，在火上面烤着。

「大東哥，我負責添樹枝！」曉星把樹枝放下，又拿了其中幾根，往火堆上擱。

「好！」大東點點頭，「別一下放太多，小心把衣服燒着了。」

「好的！」曉星答應着。

海邊，二南三西和四北還在玩鬧着。曉星看了看他們，問道：「大東哥，你和二南哥三西哥四北哥認識很久了嗎？」

大東點點頭，說：「是的。我們都是在仁心孤兒院一起長大的，我是嬰兒時就被人遺棄了，院長在路

25

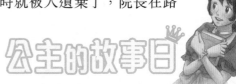

上把我撿到的；二南是因為有先天性心臟病，他爸媽沒那麼多錢給他治病，就把他放在孤兒院門口，然後走了；三西是父母車禍去世，親戚把他送到孤兒院的。四北呢，本來有個幸福的家庭，他父母都是科學家，後來雙雙得了病，沒錢醫治，就去世了。孤苦伶仃的四北，只好進了孤兒院……」

「科學家也沒錢治病？」曉星驚訝地揚起了眉毛，「國家不管他們嗎？科學家可是國家最寶貴的人才啊！」

「你還小，有些事不清楚。四大貴族把持着國家，他們只重視發展自己家族產業，只顧自己家族利益，其他人在他們眼中只是賤民、奴隸，即使是科學家也得不到應有重視，聽說，一位科學家工作一輩子得來的薪酬，還不如四大家族一個作家寫一本書得到的報酬呢！」大東惱火地用拳頭捶了一下大腿。

「啊！」曉星被大東的話驚到了。這太不合理了！

曉星按捺着心裏的震驚，又問：「那你們為什麼要離開孤兒院，跑出來乞討？孤兒院對你們不好？」

「不是，孤兒院對我們孤兒很好，我們只是想給孤兒院減輕負擔。仁心孤兒院是我們老院長拿自己錢開辦的，開始只是計劃收幾十人。但後來孤兒越來越

多，已有一百多人。院長沒那麼多錢應付日常開支，但又不忍心讓我們這些無依無靠的小孩流落街頭，只好苦苦支撐着。」大東重重地歎了口氣，繼續說，「我和二南三西四北自小就很要好，大家一齊商量，不想再連累老院長，就偷偷跑了出來。本想找工作掙錢的，但又沒有人請，只好去乞討⋯⋯」

忽然聽到飲泣聲，扭頭一看，原來不知什麼時候二南三西四北已經跑了過來，大概是聽到大東講他們的傷心故事，二南和四北都在抹眼淚。

大東大聲說：「哭什麼？沒出息！我們小福幫男子漢流血不流淚，我們要爭氣，努力掙錢。記着，將來不管我們誰掙到了錢，就去幫助老院長，養活院裏的弟弟妹妹。知道不！」

「知道！」二南三西四北齊聲應道。

曉星又一次被感動了，多麼可愛可敬的小伙伴啊！自身難保，還關心着孤兒院，太難得了。

他跳了起來，拍拍胸口說：「算我一個！我也是小福幫的一員，我也要幫助孤兒院！」

「好兄弟！」四個小福一個個朝曉星豎起大拇指。

天黑下來了，五小福圍着火堆，火光映紅了五張小臉。

四北掏出一本破破爛爛的書，就着火光看了起來。三西走過去説：「我也要看！」

四北用警惕的眼神盯着三西，好像怕他來搶：「我還沒看完呢！」

曉星好奇地湊過去，原來這本書叫《獵人和老虎》，內容大概是講一隻老虎，吃了很多動物，最後被獵人打死了。故事平淡無奇，平鋪直敍，曉星不明白為什麼小伙伴這樣感興趣。

「你們覺得很好看？」曉星問。

四北眼睛捨不得離開書，點頭説：「嗯，好看！」

曉星想，要是自己寫的話，肯定比這精彩多了。心裏突然電光火石閃過一個念頭，不如寫小説！如果自己努力一點，作品也能暢銷的話，説不定真能養活自己，養活小福們，還能幫助孤兒院呢！

他不禁一拍大腿，興奮地説：「哥哥們，我想到了一條掙錢大計！」

「真的？快説快説！」小伙伴們異口同聲地嚷着。

「我會寫故事，以後我就寫故事掙錢！」曉星自信滿滿地説。

四小福都瞠目結舌地看着曉星，而且這表情持續

了好幾分鐘。

「你、你們……」曉星被他們嚇到了，「你們幹嗎這表情？」

四北往曉星身邊挪了挪，説：「小五，看你挺老實的，沒想到大話説起來不眨眼。」

曉星摸摸腦袋：「啊，我、我沒説大話呀！」

大東看着曉星，説：「小五，你真的會寫故事？」

曉星扁扁嘴，委屈地説：「你們幹嗎不相信我，會寫故事很奇怪嗎？」

三西點着大腦袋説：「當然奇怪！你會寫故事，怎麼還會窮得做乞丐？」

「這……」真的不好解釋啊，曉星撓撓腦袋，説，「我真的會寫故事呢！不信，我把不久前寫的一個故事講給你們聽。」

「好啊，你説説看！」四北説。

大家全都睜大眼睛看着曉星，除了厚道的大東，其他人都帶了點懷疑。

讀者看到這裏，一定像小福他們一樣不相信曉星會寫故事吧！其實，曉星真的會寫故事。

曉星寫故事純屬玩兒。只因讀中一時，同桌的小蘿莉特別喜歡聽故事，每當聽到着迷時，那像花瓣兒

般的小嘴巴就張成個大大的「O」。曉星就故意編些童話講給她聽，惡作劇地希望什麼時候有隻蜜蜂或者蒼蠅什麼的，飛進她張開的嘴裏。可惜一連講了幾十個故事，還未能達成願望。也不知道那些小蜜蜂為什麼眼神兒這麼好。

後來曉星閒得無聊時，把講過的故事寫了下來。有一天被媽媽無意中發現了，媽媽看了拍案大喊一聲，「我兒子是天才啊」，扔下煮了一半的飯就衝出家門，把這些故事送到一位搞童書出版的朋友手中。故事很快被採用，出版公司起名《大腳板童話》出版，還頗受讀者歡迎呢！曉星挺沾沾自喜的，他平時喜歡看偵探故事，於是便興致勃勃寫起偵探小說來。

可是不久，曉星就認識了小嵐。在小嵐這個獲了國際大獎的作家面前，曉星覺得自己像一隻小小螢火蟲般，實在渺小，所以連寫了一半的偵探小說也「爛尾」了，沒了熱情。

可是今天，他見到那本《獵人和老虎》也能引起小伙伴們的興趣，馬上對自己信心十足。

於是，在漫天星光下，在熊熊的火堆旁，曉星娓娓地說起了他那個沒寫完的偵探故事《失蹤的小豬》。

曉星起勁地講呀講呀，不知不覺講了快一小時

了。突然，他停了下來，因為他發現小福們神情十分怪異，一個個有如泥塑木雕，嘴巴張着，眼珠子一動不動的盯着自己，都變鬥雞眼了。三西嘴角還流出了一行口水⋯⋯

「你們怎麼啦？精神病發?!」曉星心裏響起警號，腦子裏想的嘴裏就說了出來。

「你才精神病發呢！快講快講！」三西着急地跺着腳。

「是呀，快講嘛，後來怎樣了，急死人了！」四北急得去抓曉星的衣袖。

二南也催促着：「是呀，小五繼續講，別停！我們都被故事迷住了，真好聽啊！」

曉星這才知道，他們是聽故事聽入迷了。

真有那麼好聽？他瞧瞧大東，大東點點頭，說：「真的好聽。小五，你寫的故事，比我們以前看過的故事都要精彩呢！」

「曉星，快講嘛，別說廢話了！」三西繼續抓曉星的袖子。

大東看看天色，說：「算了，天晚了，小五也累了，明天再講吧！」

「不好不好，正聽得緊張呢！小豬後來找到沒有？」

三西和四北一齊死死地按着曉星的肩膀，不讓他站起來。

　　大東把烘乾了的衣服穿上，説：「好了好了，大家也要睡了，不然明天全都起不來了。」

　　三西不滿地説：「老大，明天是星期天，人人都放假，我們也放一天假吧！」

　　大東説：「不行，星期天逛街的人多，討到的錢也會比平時多，不可以放假！」

　　二南站了起來，説：「聽老大的，我們回去睡吧！」

　　小福們乖乖地跟在大東後面回去了。一路上四北摟着曉星的脖子，説：「哇，我們小福幫好幸運啊，竟然加入了一個作家！小五，以後我們四個哥哥每天出去討錢，你就留下來寫小説，掙到錢了，我們存起來，以後買一間屋子。那天橋真不是人住的，一到下雨颱風，我們就沒處躲藏。」

　　二南説：「不行，我們不能只顧自己。你沒聽大東哥説嗎，我們有了錢，就交給老院長，給她用來還債，還有用來撫養孤兒院的弟弟妹妹。」

　　四北撓撓頭，説：「噢，那好，我們先滿足了孤兒院的需要，剩下來的錢就留作買房子……」

　　三西舉起手，説：「好啊，我贊成！噢，我們要

公主的故事日

有新房子住囉！」

　　二南想了想說：「我們討到錢，就多買些有營養的東西給小五吃，讓他寫出更好看的故事……」

　　聽着後面弟弟們的話，大東不禁嘴巴往上一翹，笑了起來。雖然他覺得這些理想很遙遠，但做人要有希望，他相信這夢想總有一天會實現的。

第4章　掙了一萬元稿費

第二天一早，大東又帶着二南三西四北出發了，曉星送走他們後，就打開電腦，檢查之前損毀了的檔案，看會不會神奇地復原。但他馬上失望了，已寫了一小半的偵探小說《失蹤的小豬》，檔案仍是受病毒影響無法打開，曉星只能憑記憶把這部分默出來了。這樣的話，默出來後，再把未寫的部分寫完，起碼要一個月後了。

曉星有點心急，想到小福們襤褸的衣裳，想到孤兒院那些欠債，他真想儘快掙到錢。

突然，他見到了一個寫着「大腳板」的檔案，咦，原來這批稿也在電腦裏，看檔案能不能打開。曉星試着用滑鼠點了點，啊，太好了，竟然沒事，能打開。曉星激動地檢視着那一個個童話故事，這回好了，可以找出版公司，先出版一本童話故事書！

曉星開心得真想大聲唱歌。

但是，這裏的出版公司自己並不熟，怎麼投稿好呢？

戴哥哥！對，找戴哥哥，他本來就是從事出版行業的，他一定熟悉。

　　看過去剛好見到戴無畏打着呵欠起牀了。這哥哥可真能睡啊，從昨天下午一直睡到現在呢！

　　「戴哥哥，早上好！」曉星喊了一聲。

　　「早上好！」戴無畏應了一句。

　　「哥哥，你不用去給人補習嗎？」

　　「今天白天不用，晚上才要。」戴無畏說完又打了一個呵欠。

　　曉星捧着筆記本電腦登登登走到戴無畏面前，說：「戴哥哥，你能幫我推薦作品給出版公司出版嗎？」

　　「啊！」戴無畏張大嘴巴，反應跟小福們差不多。

　　「我寫了一些童話故事，給你看看。」

　　曉星把電腦遞到戴無畏手裏。戴無畏遲疑地接過電腦：「小子，你真的會寫東西？」

　　「不騙你，你快看看。」曉星指着打開的書稿檔說。

　　戴無畏一目十行地看着，漸漸臉上露出了驚喜的神情。他是搞出版的，自然知道哪些作品有出版價值，這些童話寫得還真不錯啊！他專注地看了起來。

　　看了大約三分之一，他就肯定了，這些童話能出版。

「小傢伙，真是你寫的？」他有點不相信，盯着曉星問。

「是是是，怎麼不相信人家！」曉星有點不高興，發起小孩子脾氣來了。

「對不起對不起。可以啊小傢伙，小小年紀能寫出這麼生動有趣的故事，文字也流暢，故事布局也顯奇巧。不錯不錯！」戴無畏拍拍曉星的肩膀，「好，我幫你把書稿推薦給我的一個同學。他就在一家出版公司當編輯。」

戴無畏做事還挺爽快的，他馬上就給同學發了一封電郵，把曉星的童話稿發給他，還附了一封信。

「好了，我們就等消息吧！」

「謝謝戴哥哥！」

曉星滿心歡喜地回到小福幫的「家」，在電腦上開了一個新的文檔，開始憑記憶把《失蹤的小豬》寫出來。

中午小福們沒回來。也許像大東講的，今天放假人多，所以他們想多討一點，就不回來了。

幸好大東想得周到，留下了兩個麵包。曉星就用這兩個麵包當了午飯。

晚上小福們回來，聽到曉星說找到了一本書稿，並通過戴無畏交給了出版公司，都很興奮。三西和四

北迫不及待地跑去找戴無畏，打聽要等幾天才能有錢收，弄得戴無畏哭笑不得。要知道如果是收版税的話，要等書出版後賣了錢，再等到在規定結算期作了結算，才能按銷售數量發給作者版税呢！

晚上，小福們排成一排躺在草蓆上睡覺。曉星眼睛一眯一眯地正要入睡，卻有人捅捅他的胳膊，轉頭一看，原來是睡在他旁邊的二南。

二南把一個小紙包塞到曉星手裏，小聲説：「給你。」

曉星打開小包，發現是一個水煮的熟雞蛋。他驚訝地看着二南：「這……」

二南悄聲説：「一個好心的食店老闆給老大的，老大一轉身就給我了。你寫書要動腦子，你快吃。」

「不行不行！」曉星急忙把雞蛋塞回給二南。

曉星知道二南身體不好，所以小福們討到一些好東西，都會留給他，讓他增加點營養。兩人塞來塞去的，二南見曉星堅決不肯要，便把蛋剝了，掰了一半給曉星。

曉星拿着蛋，鼻子酸酸的。他把手裏的蛋又分成兩半，把一半吃了，把另一半強塞到二南嘴裏。二南犟不過他，只好吃了。

曉星跟二南説了聲晚安，閉上了眼睛。他想，以

後掙了錢，要買很多很多雞蛋，給二南吃，給其他哥哥吃。

又是一個新的早晨，小福們像勤勞的小蜜蜂一樣，出去討錢了，留下曉星坐在蓆子上，寫他的失蹤小豬故事。

戴無畏照例睡到太陽當空照才醒，這時正躺在草蓆上發呆。突然，他擱在口袋裏的手提電話響了起來。

「喂，哪位？啊，老同學，你好你好！」戴無畏一骨碌坐起來，「稿子決定採用？太好了太好了，我就知道這書肯定有出版價值！」

曉星聽到是書稿的事，早就豎起耳朵聽着了，聽到這裏，不由得一握拳頭，小聲「耶」了一聲。

「作者是什麼人？」戴無畏往曉星這邊看了看，大概是怕說出曉星只是小屁孩一個，稿費被壓低，便說，「哦，是個大學生。新人作品難賣？不能這麼說，最偉大的作家也是從新人開始的，而且這故事寫得比很多作家都好，賣十萬八萬本沒問題。一次過給稿費，多少？啊，我沒聽錯吧？你們老闆太欺負人了，才給這麼一點點錢就想買斷這麼好的作品，不行不行。……噢，沒價講，那算了，沒什麼好談的了。再見！」

戴無畏按斷了電話，坐在那裏生氣。

曉星走過去：「戴哥哥，怎麼了？」

戴無畏氣呼呼地說：「同學打電話來，說他們老闆同意出版《大腳板童話》，但是只能給一萬塊錢買斷書稿。太過分了，以天宙國出版行業的標準，買斷書稿，最少也能拿到一萬五呢！你這本書寫得這麼好，肯定暢銷，如果算版稅的話，你能拿不少錢的。這老闆太摳門了，竟然只答應給一萬塊。什麼新人作品難賣，他們分明是欺負你，如果是四大貴族的作家，他們哪敢！」

戴無畏無奈地搖着頭，說：「我太天真了，以為找老同學幫忙能公道一點，卻忘了他只是一個普通編輯，沒能力改變什麼。」

「一萬塊？」曉星想起小福們破爛的衣裳，想起冬天快到了得趕緊給他們添置禦寒的冬衣，便說，「戴哥哥，答應他們吧！一萬塊錢就一萬塊錢。」

戴無畏定睛看着曉星：「啊，你這樣很吃虧的，你真的願意？」

曉星很堅定地說：「嗯！少點就少點，故事我還可以繼續寫啊，先解決了眼下最需要解決的問題，給哥哥們添點冬天禦寒的衣服。」

「真是個好孩子。」戴無畏點點頭，又說，

「好，我就厚着臉皮再打電話去，替你爭取多一點的利益。」

戴無畏又打電話給老同學。講了半天，老同學請示老闆後總算多給了兩千塊，以一萬二千元買斷曉星的書稿。對方老闆還同意馬上簽約，馬上給錢。

戴無畏掛了電話，說：「那老闆肯定是很看好你的小說。看，怕我們反悔了，叫我們馬上去簽約。」

他又吩咐曉星說：「這樣吧，你寫份授權書，我馬上替你去簽約拿錢。別讓他們知道你是小孩子，怕又生變數。」

「好，謝謝戴哥哥！」曉星大喜，趕緊寫了份授權書。

戴無畏離開後，曉星繼續寫小說，但卻再難集中精神了。他開心地想着小福哥哥們穿上新衣服的開心樣子，不由得嘻嘻嘻自個兒傻笑起來。

兩個多小時後，戴無畏回來了，他從衣袋裏掏出一疊錢，扔到曉星坐着的蓆子上，說：「稿費收好了。給你爭取了一萬二千。五百元一張的，共二十四張。我得去給小孩補習，走了！」

曉星傻傻地瞅着那疊錢，心裏很是激動，這是自己在這平行世界裏掙的「第一桶金」啊！

這時候，小福們回來了，看到曉星正瞧着草蓆上

的東西在發愣……

「啊，錢，好多錢！」四北倒吸了一口冷氣，「嘭」一聲坐到曉星身旁，睜着大眼睛死死盯着那疊錢。

其他人也圍了過去，盯着那疊錢。如果錢是活的話，真能讓他們盯出一朵花來。

「我的媽呀，是真的錢！五百元一張的真錢啊！」三西聲音是顫抖的。

雖然他們平日接觸到的都是些一元兩元的別人施捨的硬幣，從沒見過五百元的紙鈔。不過「沒吃過豬肉也見過豬跑」哇，他們在孤兒院念書時，在常識書上也曾見過天宙國各種面額鈔票的圖片。

大東看着曉星，有點嚴肅地問：「小五，這錢哪來的？」

曉星驕傲地說：「我的童話故事掙來的呀！」

曉星把今天戴哥哥替他去簽約拿錢的事說了。

三西一把摟住曉星的脖子：「哇，小五你好厲害啊！一下子就掙到了這麼多錢！我們可能乞討一輩子都沒能討到這麼多呢！」

曉星嘿嘿笑着，得意極了。

四北興奮地說：「我們現在是有錢人了，怎麼花這些錢好呢？」

二南看了他一眼：「這錢是小五掙來的，我們聽小五的。」

曉星看着大東說：「大東哥，我想拿一部分錢給大家買些衣服，好嗎？」

小福們聽了曉星的話，都不約而同地低頭看看自己身上那單薄的破衣服。那還是孤兒院裏老院長給他們做的，已經穿了很長時間，破了洞不算，還明顯短了、窄了，快穿不下了。

大東摸摸後腦勺，說：「小五，我不知道說什麼才好，反正就是謝謝你了。天氣開始涼了，是要添些冬天衣物了。除了買衣服外，剩下的錢……我這樣想，找間學費便宜點的學校，你從中一念起吧！你是我們小福幫裏最有希望的一個，應該受更好的教育。」

43

讀中一？曉星心想，在另一個世界，自己已經讀高中了，自己可是五歲就讀小學的小天才呀！去教中一都可以了。

曉星堅決地搖頭：「上學的事以後再說吧！剩下的錢，拿去給老院長好了。」

大東見曉星態度堅決，便不再勉強，他又高興地說：「我今天碰到一個好心人，他說有一家工廠收童工，十五歲的如果長得高大也可能會收，他答應幫我

去問問。如果我有了工作，小五又能寫書，那我們就不但能幫到老院長，還能存點錢。過一兩年，你們四個就可以一塊兒去讀書了。」

三西說：「啊，不如我跟你一起去做工吧！我們兩個人一齊掙錢，二南和四北小五就可以早點上學了。」

二南和四北異口同聲說：「我們也要去做工！我們也要幫忙掙錢！」

「嘿，現在連我能不能去還不一定呢！到時再說吧！」大東看了看草蓆上的錢，說，「這筆錢就按小五的意思使用吧！明天我們休息一天，上午回孤兒院，給老院長送錢，下午去買衣服。」

「謝謝小五！」

「謝謝小五！」

這天晚上大家都很興奮，歡天喜地討論着明天去哪裏買新衣服，連平日穩重的大東也十分雀躍。其實大東也不過比二南三西四北大了幾個月而已，只是一個十五歲的孩子，因為比其他小福大了幾個月，所以一直以成熟大哥哥自居罷了。

直到深夜，孩子們才一個接一個安靜下來，懷着對明天買新衣服的期待，慢慢進入了夢鄉。

第 5 章　二南心臟病發

半夜裏，曉星不知怎的突然驚醒了。他揉了揉乾澀的眼睛，覺得旁邊的二南好像有點不對頭，忙一骨碌爬起來看看。

曉星頓時嚇呆了。只見二南用手捂住胸骨下偏左的地方，表情痛苦、呼吸急促，嘴唇變成了青紫色。

「二南哥，你怎麼了？二南哥！」他驚叫起來。

「怎麼啦？」大東首先爬起身，接着三西四北也起來了。

大東一看二南情況，喊道：「不好，好像是心臟病發！他兩年前在孤兒院發過病，也是這樣子的。」

「怎麼辦怎麼辦？」三西和四北急得亂喊亂叫。

這時戴無畏也被驚動了，跑了過來，他一看二南的樣子，馬上說：「很危險，得趕快叫救護車！」

他拿出電話，熟練地撥了一個電話，通知醫院派救護車來天橋底救人。

戴無畏打完電話，走過去看二南時，卻發現他沒聲息了。他大驚，馬上喊了幾聲：「二南！二南！」

二南沒回答。戴無畏喊道：「不好，休克了！」

小福們聽了都嚇壞了。

「你們別圍着他，保持通風透氣！」戴無畏解開二南衣領扣子，然後替他做心肺復蘇和人工呼吸。

這時，隨着嗚嗚的聲音，一輛白色的救護車駛來了。一名醫生和兩名護士走下車，醫生問：「病人在哪裏？」

大東急忙說：「這裏，這裏！」

醫生護士走到二南面前，叫戴無畏讓開，然後熟練地進行搶救。再過了幾分鐘，二南的臉色終於好轉，呼吸也開始正常。再後來，他慢慢張開了眼睛。

大家這才鬆了口氣。

醫生揮揮手，讓護工抬來擔架，把二南抬上了救護車。五小福都爭着上去陪二南，但醫生只許上一名家屬，所以大東一個人上車了。

戴無畏說：「我們坐巴士去吧，不遠，就兩個站！」

曉星走了幾步，又砰砰砰跑回去拿他的背囊，裏面除了電腦，還有一萬二千塊錢。得帶上錢替二南交醫藥費。

到了醫院急症室的家屬等候區，見到大東心神不定地坐在長椅上。大東一見他們來，便站起身，說：「二南送去做檢查了。醫生讓我們在這裏等，做完檢查才知道病情。」

大東說完又看向曉星：「小五，真對不起，醫生開了單子，讓我們馬上去交費。」

　　「沒問題，我已經把錢帶來了。」曉星馬上從背囊裏掏出錢。

　　大家一看那單子，連救護車出車費、醫護人員搶救費，各種檢驗費，得交五千塊錢。大家都不由得倒吸一口冷氣。

　　幸好有曉星那一萬多塊啊！不然，就真是叫天不應叫地不靈了。

　　交完費，大家坐在椅子上等候。大東對戴無畏說：「戴哥哥，這次真謝謝你了。要不是你，我們都不知怎辦呢！」

　　曉星看着戴無畏說：「是呀，戴哥哥，你很厲害呢，還會做心肺復蘇。」

　　「跟我客氣什麼。」戴無畏擺擺手，說，「我父親就是因為心臟病去世的。他經常犯病，久病成醫，我也學了一點救護知識。」

　　正說着，一名穿白大褂的醫生走了過來：「何二南的家屬在嗎？」

　　「在在在……」大家都圍了上去。

　　「交費了沒有？」醫生問道。

　　「交了交了！」大東趕忙把收據給醫生看。

「嗯。病人已經送到重症監護室，他得好好休息，暫時不能探視。」醫生又揚揚手裏一疊檢驗單子，說，「我們給病人做了多項檢查，病人是充血性心力衰竭，已經到了晚期。情況很嚴重，隨時有生命危險，得馬上手術治療。」

「啊！……」小福們畢竟還是些孩子，個個都十分驚恐。

「醫生，可以怎樣治療？」戴無畏問道。

「心臟移植。」醫生說。

大東一聽馬上說：「那趕快給二南做移植手術吧！」

戴無畏對這方面了解多點，他問醫生：「心臟移植最要緊的是找到能配型的心臟，不知道一時之間能不能找到合適的？」

醫生看了看戴無畏，說：「的確，要找一個能配型的心臟是很不容易的。但也算何二南這孩子運氣好，十分鐘前我們醫院有一個腦死亡的病人，生前曾簽了捐贈器官同意書。而更巧的是，這病人的心臟及血型跟何二南配型成功。」

在場的人都很激動，二南有救了！

「那太好了！醫生，請你們馬上手術吧！」大東急切地對醫生說。

「沒問題。我們可以馬上安排手術。不過，我們醫院規定，要先交錢再手術。手術費要三十萬。」

「啊，三、三十萬！」小福們你看我我看你，都傻了。

上哪裏找這麼多錢啊！

曉星看着醫生，懇求說：「醫生叔叔，能先做手術嗎？我們馬上去籌錢，無論如何也要籌到三十萬手術費交給醫院。」

「對不起。這是醫院規定，任何的手術都得先付費，沒有人情可講。我們會先做好手術準備，你們籌到錢就通知我們。」醫生又鄭重地叮囑說，「記住，心臟供體離體時間限制在六小時以內，何二南的手術必須在這時間內進行，你們一定要抓緊在中午十二時左右籌到手術費。如果錯過了，想再找到合適心臟就非常困難，而且病人的病也耽擱不起了。」

醫生說完就走了，留下了發愣的一幫人。

戴無畏看了看手錶，見到已是早上七點十分，即離醫生要求的十二點只有五小時了。

四北愁眉苦臉地說：「三十萬啊，上哪裏去找？把我們幾個人全賣了，也賣不到這麼多錢。」

三西說：「老大，不如我們回去找老院長幫忙。」

大東搖搖頭：「你又不是不知道，老院長現在都欠了一身債，哪有錢幫二南啊！」

四北扁着嘴：「難道，難道我們就看着二南死嗎？嗚……」

四北哭起來了，三西也哭了，大東拚命忍着不讓眼淚流出來。曉星想到二南平時對自己的照顧，想到他得來一隻雞蛋卻捨不得吃，悄悄留給自己，眼淚也是啪噠啪噠往下掉。

戴無畏見了，長歎一聲：「好吧，我來想想辦法。我開出版公司時也認識一些有錢的朋友，我試試打電話給他們，看能不能借到。唉，在我家的出版公司最困難時，我都落不下臉去問人借錢呢！」

「謝謝戴叔叔！」小福們含着淚感謝戴無畏。

曉星打開背囊摸紙巾，摸來摸去沒摸着，卻在小隔層裏摸到了一小塊硬硬的什麼東西，掏出來一看，原來是自己專門用來下載電子書的那隻記憶棒。

曉星自小喜歡看小說。他人聰明，讀書不費勁也能拿到好成績，所以有很多時間上網看書，付款的免費的，看了不少。有喜歡的，還下載到記憶棒，準備有空時再看一遍。

他不記得什麼時候把記憶棒放背囊裏了。下載了的那些書都是很優秀的作品啊，其中還有很多是中外

名著呢！以後可以給小福們閱讀，地球的好作品，他們肯定沒看過！其中還有小嵐姐姐寫的兩本書，包括那本拿了「福爾摩斯」文學獎銀獎的《尋人啟事》，這本書的銷量在香港是破了紀錄了。

突然，一個念頭湧上了曉星腦海。以天宙國文學作品的低水平，這記憶棒裏的每一本書都絕對有「驚為天人」的效果，那麼，是不是可以……可以拿一本去出版公司，換來三十萬稿費救二南！

曉星為自己這念頭驚到了。

沒經同意把別人作品拿去出版，還要使用得來的稿費，這怎麼行?!曉星馬上否決了這念頭。

還有什麼辦法能在六小時內籌到三十萬呢？

曉星扭過頭，盯着站在走廊盡頭打電話的戴無畏，只能寄希望於他從朋友那裏借到錢了。大東、三西、四北也都像曉星一樣，滿含希望地看着戴無畏。

但顯然很不順利。只見戴無畏打了一個電話，又一個電話，每次掛線時臉色都是黑黑的。大家心裏都不由得一陣陣發涼。

戴無畏很快打完十幾通電話，一臉氣惱地走回來，小福們雖然明白事情不會順利，但還是抱着一絲希望。大家異口同聲地問道：「戴哥哥，怎麼樣？」

戴無畏把手機「啪」一聲放在椅子上，生氣地

說：「都是些沒同情心的傢伙。有的人跟我哭窮不願借，有的雖然肯借，但只肯借幾千塊錢。現在能借到的合起來一萬塊都不到，頂什麼用！」

大家徹底絕望了。

「嗚嗚嗚，二南啊⋯⋯」身邊四北的大聲哭了起來，聲聲刺痛着曉星的心。

他看看愁眉苦臉的大東和三西，看看一臉無奈的戴哥哥，想想掙扎在死亡線上的二南，心裏糾結得揪成一團。

看來，要儘快籌到三十萬救命錢，還得靠記憶棒裏的小說。生命最重要，顧不了那麼多了！

就拿小嵐姐姐那本《尋人啟事》吧！

曉星不斷地安慰自己。人命關天，為了救二南一命，即使小嵐姐姐在，也會同意這樣做吧？小嵐姐姐可是救苦救難的女大俠啊！

而且，把地球上的好書介紹給天球的人類，也算是一種文化交流，文化傳播，只有好處沒有壞處呢！

小嵐姐姐，求求你了，拜拜你了！小嵐姐姐，對不起，請原諒，頂多以後見面，讓你痛揍一頓絕不還手。

下定決心後，他悄悄對大東說：「我去一下洗手間。」然後就背着背囊離開了伙伴們。

第 6 章　作家馬小星

曉星跑進洗手間，關好門，把記憶棒裏的《尋人啟事》檔案複製到電腦桌面。

《尋人啟事》講的是一個古老而高貴的家族，這個家族的族長身分就像國王一樣，是世襲的。而這一任族長只有一個獨生女兒，所以這個女兒便成了唯一一個族長繼任人。一天，族長女兒、那位十六歲的女孩突然失蹤了，這讓整個家族陷入了極大的恐慌中，他們利用各種關係各種方法尋找女孩。尋找過程驚險重重、危機四起，原來這失蹤事件竟牽涉到一個關繫到國家危亡的驚天大陰謀……全書以一個又一個懸念牽動着讀者的心，撲朔迷離、驚險刺激，是一本令人拍案叫絕的偵探小說。

53

曉星做好一切，抱着電腦跑回家屬等候區。

「大家快來，有辦法了！」曉星對小伙伴們說。

「啊，有辦法了？曉星你快說！」大家七嘴八舌地問。

「我剛才在電腦裏找到了一部可以出版的小說……」

所有人一聽便激動得兩眼放光，也忘了問曉星為

什麼不早拿出來，只是「呼」的一下把曉星圍了起來。四北一疊聲問：「真的嗎？真有書稿？真的有書稿？太好了，是你以前寫的？」

曉星不知怎麼解釋：「不……這……」

「哎呀，問得真多餘，肯定是曉星寫的了！」三西一把扯開四北，湊到曉星跟前，「給我看看給我看看！」

「尋人啟事！」大家看着屏幕上那個醒目的書名，異口同聲地唸着。

大東說：「你上次那部童話賣了一萬二千，這本應也有這個數吧！雖然離四十萬還差很多，但湊到一些是一些。」

「不，我想用這小說，向出版公司要求三十萬買斷版權。用來給二南交手術費」曉星說。

「啊，三十萬？！小五，你不是急糊塗了吧？」大東眼睛瞪得大大的。

「可以的可以的！」曉星把殷切的目光看向戴無畏。

戴無畏看了看曉星，說：「曉星，你別看我。我可沒本事幫你把一部小說換三十萬。又不是有名氣作家的作品，你別做夢了。」

曉星心裏直嘀咕，小嵐姐姐怎麼不是有名氣的作

家呀！可是他又不肯説。因為他無法解釋小嵐姐姐是誰，更無法解釋自己為什麼擅自把別人作品拿來出版。他只好雙手合十，用懇求的目光看着戴無畏，説：「戴哥哥，真是一部精彩的作品呢！你先看看再決定，好嗎？求你了！」

戴無畏搔搔頭，説：「好吧，怕了你了！我就看看你這小屁孩哪來的信心。」

「謝謝戴哥哥！」曉星馬上高興地把電腦交給戴無畏。

戴無畏接過來，找了一處安靜點的座位，打開書檔，低頭看了起來──

55

暗黃的路燈照着偌大又渺無人跡的花園，小路兩旁，一座座華德家族歷代族長的漢白玉雕塑，顯得格外神秘。

雷登急急地走着，明明花園裏一個人也沒有，怎麼總感到後腦勺上被幾道熾熱的目光死死盯住呢！他想起了最近那個有關隱形人的傳言，不由得出了一身冷汗……

後腦勺被熾熱的目光盯着？戴無畏突然覺得跟書中人物感同身受，猛一回頭，發現四個小傢伙不知什

麼時候也跟來了，坐在他後面，八隻金睛火眼一眨不
眨地盯着他，好像要從他的後腦勺看到那本書值不值
三十萬塊錢。

「喂喂喂，別那麼看着我好不好，我會害羞的。
一邊呆去！」戴無畏指指他們原來坐的地方。

四小福無奈，只好強按下心裏的焦急，走回原來
的地方坐下。

半夜被驚醒，之後又擔驚受怕，大家都有點精疲
力盡，一個挨一個的，竟都睡着了。

「快起來，快起來！」

四小福被一陣叫聲驚醒了，是戴無畏在拍打他
們。這傢伙好像吃了興奮藥一樣，兩眼放光，喊着他
們醒來。

「小傢伙，我服了，我服你了！你這腦袋怎麼長
的，竟想出這麼精彩的小説！」戴無畏一隻手抱着電
腦，一隻使勁拍曉星的肩膀，那手勁大得令曉星呲牙
裂嘴的。

大東急忙問：「戴哥哥，是不是小五的書寫得很
好？」

戴無畏興奮地説：「豈是一個『好』字能形容
的，簡直是我看過的天宙國最好的作品了。那些國內
所謂名家名作，跟小五這本書一比，簡直不可同日而

語。從來沒有一部小說讓我這樣投入，這樣着迷的！哇，看得我那個緊張啊……」

曉星心裏好得意，當然了，那是我小嵐姐姐寫的呀！

「耶！」孩子們歡呼起來。

「噓──」戴無畏看見不遠處護士站投過來的不滿目光，忙說，「小聲點，這是醫院呢！」

四北壓低聲音問：「戴哥哥，那這本書值三十萬嗎？」

戴無畏說：「豈止值三十萬元！我以前是搞出版的，相信有這個眼光。保守點算吧，這本書，在全國範圍內賣一到兩百萬本沒問題。」

三西張大嘴巴：「哇，一到兩百萬本！那該有多少錢啊！」

曉星當然知道是真的。小嵐姐姐這本《尋人啟事》在中國就賣了幾百萬冊，得了「福爾摩斯文學獎」之後，被譯成三十多種文字，在全世界發行。全世界一共賣了多少本，曉星不很清楚，但用腳趾頭想也想得到，一定是驚人的天文數字了。

戴無畏對曉星說：「小五，我得提醒你。這部書稿交到出版公司手裏，肯定暢銷。如果你要求用版稅結算，一定能得到很高回報。不過，起碼要等到半年

或者一年後結算時錢才能到手。但如果想馬上拿到一筆錢，出版公司一定會乘人之危，以新人出書市場反應難料為理由，壓你價。你怎麼想？」

曉星想也不想，説：「一切為了二南的生命，我要馬上拿到錢。壓就壓吧，只要能有三十萬，就行了。」

戴無畏拍拍曉星肩膀，説：「好孩子，不枉大東他們對你那麼好！這事戴哥哥幫定了，我就做你經理人好了。我這次不找老同學，他那個老闆太摳門，我打算找文風出版公司。這是除了四大出版公司之外最大型的出版公司，我以前跟這家公司的總編輯打過幾次交道。就衝着你這部好書，我這回豁出去了，要爭取最大的利益！」

戴無畏把《尋人啟事》轉存到自己的一隻記憶棒裏，然後出發去文風出版公司了。曉星突然想起了什麼，説：「戴哥哥，請等等。」

戴無畏停住腳步，轉頭看着他。

曉星説：「這部書出版時別用我名字。」

戴無畏驚訝地揚起了眉毛：「為什麼？這是一部好書啊，你不想出名嗎？我建議你用真名。」

「這……這……」曉星搔搔腦袋，不知道怎麼解釋這本書是小嵐姐姐作品。

　　要是說出小嵐姐姐名字，那戴哥哥一定會質疑曉星為什麼擅自拿別人作品出版，還會要求徵得小嵐姐姐同意，那麻煩就大了。這不是地球，上哪去找小嵐姐姐呀？

　　曉星打消了解釋的念頭，囁囁嚅嚅地回答：「我、我想用筆名。」

　　「用筆名也行，但以後就要一直用這名字，不能改了。喜歡你書的讀者，會衝着這名字去買書。」戴無畏不再勉強曉星，「你想用什麼名字？」

　　「馬小……」曉星搔搔腦瓜，想找個接近小嵐姐姐名字的筆名。

　　四北插嘴說：「馬小星！馬小星好聽，就叫馬小星好了！」

　　「馬小星？也好。如果曉星沒意見就這樣定了。」戴無畏不等曉星表態，就匆匆忙忙朝電梯口走去，因為時間太緊逼了。

　　曉星也只好同意了。馬小星就馬小星吧。

　　「戴哥哥，這回全靠你了！」小福們鄭重地把戴無畏送進電梯。

　　大東出去買了幾個麵包回來，大家分着吃了作早餐，然後就坐到大掛鐘對面，開始了焦心的等待。

　　八點三十分了。

九點了。

九點三十分了。

……

十一點三十分了。

離醫生所要求的時間只剩三十分鐘了。主治醫生出來瞧了好幾回，見到小福們一臉焦慮、望眼欲穿的樣子，也只好歎着氣離開。

眼看大掛鐘不住在走，時間又過了十分鐘，二十分鐘，二十五分鐘，仍沒見戴無畏的身影，小福們幾乎絕望了。

「戴哥哥！」一直盯着電梯門的曉星突然大喊一聲。

啊，戴無畏終於回來了，他正邁出電梯。

「戴哥哥戴哥哥！」小福們一下湧了上去，眼巴巴地盯着他。

戴無畏用手擦擦額頭的汗，說：「拿到了四十萬。」

「四十萬?!戴哥哥萬歲！」小福們高興得想把戴無畏抬起來往上拋，但終因力氣不夠放棄了。幾個人都小胳膊小腿的，實在沒本事舉起一個二十多歲的大人。

「主要是小五厲害。他那本書稿，總編輯只看了

幾十頁，就拍案叫絕，立刻要跟我簽出版合約了。」戴無畏簡單説了幾句，就問道，「醫生給的繳費單呢？給我，我馬上去交費。」

他從大東手裏接過繳費單，又對大東説：「你趕快去通知醫生，説錢籌到了，讓他做準備。」

大家分頭行事。一切順利，二南終於入了手術室。

在手術室門口，四小福連同戴無畏，全都癱在椅子上，好像全身力氣都被抽走了。從半夜起，到二南入院，到為二南籌手術費，擔驚受怕、憂慮焦急，令他們全累垮了。

第 7 章　五小福出版公司

二南的心臟移植手術十分成功，術後恢復也都很理想，很快出院了。

大東帶着曉星和四北去醫院接他，但回家時並沒有把他帶回天橋底，而是帶到了一間有着四房一廳的大房子。這讓二南很驚奇。

「這是誰的房子？」二南東張西望的，一臉訝異。

「漂亮嗎？」四北有點洋洋得意的。

「漂亮，就像宮殿一樣。」二南邊打量邊說。

其實就是一間沒什麼裝修、只擺放了簡單家具的房子。不過對於睡天橋底的孩子來說，真的就像宮殿一樣了。

大東推開一個房間，把二南拉進去，房間不大，裏面僅能放下兩張單人牀，一個衣櫃。

大東一臉笑容，問二南：「喜歡嗎？」

二南一邊真心地點頭，一邊納悶着。喜歡又怎麼樣，反正又不是他們的家。

四北古靈精怪地笑着，指了指靠裏面窗口的那張牀，說：「喜歡就給你了。那張牀就是你的。」

「啊？」二南心想是不是自己聽錯了，「是我的？」

大東點點頭：「是的。以後這就是我們的家了。這間房，是我和你的臥室。」

「啊，開玩笑的吧？」二南根本不相信。

「是真的！」幾個小福一齊嚷道。

大東笑着說：「是小五用他的小說稿，換來了四十萬塊錢，給你交了三十萬手術費，剩下的租了這房子。現在我們五小福和戴哥哥都在這兒住。」

「啊，三十萬?!原來⋯⋯」二南一直不知道這次住院花了多少錢，聽大東這麼一說，才知道他的命是曉星用稿費救回來的。

「小五，謝謝你救了我。」二南忍不住鼻子一酸，掉下淚來。

「二南哥，不用謝。我們是好兄弟，互相幫助是必須的。」曉星笑着說。

這時大東拿了一套衣服出來，交給二南說：「看你一身的醫院消毒水氣味，快去洗個澡，把衣服換了。」

「新衣服！」二南接過衣服，撫摸着上面好看的圖案，眼淚流得更厲害了。

「二南哥，別哭！」曉星趕緊拿出毛巾給二南擦

眼淚。

二南洗完澡出來，出去買菜的戴無畏和三西滿載而歸了。於是一個怪哥哥帶着五小福，有的摘菜，有的剁肉，有的洗菜，咋咋呼呼、熱熱鬧鬧的，最後由戴哥哥露了一手，弄出了五個色味香俱全的菜。然後大家圍坐一起，慶祝二南康復歸來，慶祝大家從此有了一個真正的家。

吃得差不多時，戴無畏提出了一個問題，就是五小福今後何去何從。

曉星放下筷子，說：「各位哥哥，我們別再去乞討了。我建議我們辦一家出版公司。」

「出版公司？」小伙伴們眼睛亮了，連戴無畏也兩眼發光，大家都放下了筷子看着曉星。

曉星繼續說：「戴哥哥以前開過出版公司，這事可以由你來牽頭，你當公司法人兼總經理。我就負責寫書，寫了就在我們自己的公司出版發行。將來，我們要有自己的房子，我們還要幫助老院長養活孤兒。」

曉星這想法是他深思熟慮的結果。他想改變小福們的命運，不能再讓哥哥們去討錢了；他也想通過努力去幫助孤兒院，讓好心的老院長和孤兒們過得好點。但自己只是個小孩子，做不了什麼，所以得利用

公主的故事日

自己的長處，寫書就是最好的選擇。這段時間他又去圖書館看了不少本地文學作品，知道天宙國的文學作品水平普遍不高，自己寫的東西雖然遠比不上小嵐姐姐的，但和天宙國的其他作品比，還是滿不錯的，他有信心自己能寫出暢銷書。

小福們興奮地互相看看，都舉起了手：「贊成贊成！」

戴無畏顯得十分激動，砰的一下也舉了手。

曉星點算票數，數了又數，數了十一隻手。不對呀，提出動議的自己不需要舉手，另外有五個人即使兩隻手都舉了也只是十隻手，怎麼點出十一隻呢？曉星擦擦眼睛，才發現是三西和四北很搞笑地，把自己雙手雙腳都舉起來了。

小福們高興啊，曉星說的，是他們以往想也不敢想的事。能吃飽肚子、穿件補釘不那麼多的衣服，已經是最大的夢想了，沒想到，曉星卻給了他們這樣美好的希望。

戴無畏看着曉星，眼裏有點濕濕的，他很激動。自從看了曉星的幾本書稿，他就打算鼓勵曉星繼續寫作，給出版公司投稿，不斷努力，將來成為國內一流的大作家。

但沒想這小孩竟有這樣遠大的志向，準備自己辦

公司！

　　他忍不住朝曉星一拱手，說：「小五，好孩子，哥哥服了你了！好，我就跟你們一起搞出版公司，一起實現我們的宏圖偉願。」

　　大東二南三西四北也爭着「毛遂自薦」。

　　大東說：「我負責印刷那部分。」

　　二南說：「我數學好，我負責管帳！」

　　三西說：「我負責銷售吧，我喜歡到處跑！」

　　四北說：「我負責宣傳推廣，你們不是老說我牙尖嘴利嗎？」

　　戴無畏有點訝異：「你們怎麼對出版公司部門設置這麼熟悉？」

　　大東笑着說：「我們讀書時讀過一篇課文，叫《參觀出版公司》，裏面有講圖書出版的各種運作呢！」

　　戴無畏恍然大悟，想了想說：「咦，還缺編輯和校對呢，那我來兼好了。」

　　四北突然想到什麼：「咦，還沒給我們的公司起名字呢！」

　　小福們一下子興奮起來，如果公司能用上自己建議的名字，那多光榮啊！他們馬上安靜下來，冥思苦想着給公司起名。戴無畏笑笑，自顧自吃東西喝飲

料，這事情讓孩子們自己琢磨去。

三西和四北幾乎同時開口：「我想到了！」

大家都看着他們兩個。

四北搶着説：「叫『喜洋洋』，喜洋洋出版公司。多喜慶啊！」

三西説：「幼稚！我覺得叫『六匹狼』好，多有氣勢啊！又暗指我們公司六個人像狼一樣厲害。」

四北不服氣：「你這名字更不好，殺氣騰騰的，人家還以為我們出版公司是狼窩呢！」

戴無畏靈機一動，説：「三西起的『六匹狼』讓我想起了另一個名字，我建議就叫五小福好了！」

「五小福？」小福們你看看我看看你，眼裏全是驚喜。

曉星説：「好名字！不過，這就把戴哥哥排除在外了，這不好。」

戴無畏擺擺手説：「不用管我！這出版公司將來還得靠你們的，希望寄託在你們身上。就用五小福吧！五小福出版公司。」

「五小福出版公司，我贊成。這名字真是好好聽哦！」四北首先舉手贊成。

「贊成加一！」二南舉手。

「贊成加二！」三西舉手。

「贊成加三！」大東也舉了手。

曉星也舉手贊成：「加四！」

戴無畏熟門熟路地辦齊了各種開業手續，「五小福出版公司」在五天後便掛牌成立了。因為資金短缺，他們暫時把客廳用來做辦公室，買來簡單的桌椅及辦公用具，大家開始各忙各的了。

其他人在忙的時候，曉星關在房間裏繼續寫《失蹤的小豬》，他打算用一個月時間把書寫好。

第8章　小嵐姐姐，揍我別太使勁

　　正當戴無畏和小福們熱火朝天忙着公司業務時，戴無畏接到了老同學一個電話，對方寒暄了幾句就進入正題：「那位馬小星還有寫書嗎？他那本《大腳板童話》賣得不錯呢！老闆問還有沒有書稿，他可以加價，一本書給一萬五千塊錢。」

　　曉星說了要用馬小星的筆名出版《尋人啟事》後，戴無畏作主把《大腳板童話》也用了這個筆名。

　　戴無畏委婉地對老同學說：「其實你也知道，馬小星的書，價值遠遠不值一萬五千塊錢的。」

　　老同學有點不好意思：「對不起。」

　　戴無畏：「這跟你沒關係。我非常感謝你之前的幫忙。」

　　剛掛了老同學的電話，又響起了鈴聲，戴無畏接聽，原來是文風出版的老闆打來。

　　「喂，戴先生嗎？你推薦的那本《尋人啟事》已經在前天發行了，銷售情況很好。我們想跟戴先生繼續合作，請問，作家馬小星先生有沒有打算寫續集？希望新作仍交我們出版，我們可以考慮給予一線作家的待遇。」

戴無畏早已知道《尋人啟事》銷售情況很好，他昨天專門跑了一天，到市內多間書局巡視，發現早上疊得高高的一大堆書，到下午已矮了一大截，其暢銷程度簡直可以和那些著名作家媲美。文風出版想繼續合作，已是意料中事。

不過，不管文風給予多麼優厚的報酬，都不會跟他們合作了。曉星的大作正在緊張寫作中，很快就可以送去印刷，然後作為五小福出版公司第一炮，隆重上市。

戴無畏婉拒了文風的老闆。那老闆磨了好長時間，最後無奈地說了一句：「如果馬小星先生有跟出版公司合作的想法，請優先考慮我們，版稅方面還可以談。」

文風出版之前肯以四十萬買下《尋人啟事》，因此救了二南一命，這點戴無畏還是很感激他們的。但有五小福出版公司一天，曉星的書都不可能跟其他出版公司合作了。他只好再一次婉言謝絕，免得文風出版還抱有幻想。

這天曉星正在埋頭寫作，突然，「篤篤篤」，有人敲門。曉星喊了一聲：「請進！」

進來的是大東，他臉上好着急哦，發生什麼事呢？

原來他剛剛收到老院長打來告急電話，說之前借給他們錢的財務公司，原來是一間有黑社會背景的專放高利貸的公司，今天一早他們派了幾名打手闖進孤兒院，大吵大鬧，還砸爛了不少東西。臨走時說如果半個月內不還清債務，就把孤兒院的房子拆了，然後把裏面的孩子賣去當童工，用賣身錢抵債。孤兒院的孩子都嚇壞了，大東接電話時，也聽到電話裏傳來孩子們驚恐的哭聲。

　　曉星擔心地問：「老院長欠他們多少錢？」

　　大東憂心忡忡地説：「陸陸續續借了三十萬，現在連利息要還六十萬了。」

　　曉星嚇了一大跳，這天宙國的高利貸，可真狗黑啊！他説：「真過分，政府不管的嗎？我們馬上報警！」

　　大東忿忿地説：「報什麼警？這些黑社會都是四大貴族的走狗爪牙，而我們國家除了國王就四大貴族説了算，誰敢去惹這些人。警察見了都繞路走呢！」

　　曉星不禁瞠目結舌。這天宙國好歹是一個法治社會吧，怎可以容忍這些人無法無天。

　　大東兩手狠狠地抓了抓頭髮：「去哪裏找六十萬塊錢？跟那些人是沒道理講的呀，難道眼睜睜看着小弟弟小妹妹們被賣掉嗎？」

公主的故事日

　　曉星愁死了。怪不得有人説，錢不是萬能，但沒有錢就萬萬不能。自己的書才寫了兩萬多字，沒一個月不能寫完。何況寫出來還要拿去印刷，再交給書店去賣，賣了才有錢呢！

　　曉星看了看擱在桌上的那隻記憶棒，裏面還有不少電子書，可惜全不是自己寫的。

　　「都怪我腦袋太笨，為什麼不能幾天就寫一本書呢！」曉星自怨自艾起來。

　　「小五，你已經做得很好了，別埋怨自己。咱們出去跟大家一塊商量，看能不能找出辦法。」

　　出外工作的人收到消息都已經回來，這時正坐在客廳裏，一個個急得抓耳搔腮地在想辦法

　　三西突然一拍大腿，説：「不如我們去賣血，血是最寶貴的，應能賣很多錢吧！」

　　戴無畏哭笑不得地説：「把你身上的血抽得一滴不剩，也賣不了多少錢。」

　　二南臉色突然變得蒼白，他好像下了大決心，作了一個重大決定，聲音顫抖地説：「你們把我賣了吧，賣去做童工，把錢交給老院長。」

　　大東瞪了他一眼，説：「胡説八道！我們怎可以把你賣了呢？咱們五小福是不可以分開的。」

　　二南哭了：「嗚嗚，都怪我。要不是我治病花了

三十萬手術費，就能把錢拿去給老院長還債了。」

一直沒吭聲的四北，咬了咬牙說：「我去找那些黑社會，去當人質，請他們給寬限些日子，你們再設法籌錢。」

但他說完後又打了個冷顫，小聲說：「不過我真有點害怕。你們知道黑社會是怎樣對待人質的嗎？是關在水牢嗎？還是關在很多老鼠的地牢裏？」

曉星實在忍不住了，他霍地站了起來，跑進了自己房間。他拿起了桌上那隻記憶棒，插進了電腦。

打開文件夾，一個個書名跳了出來，《巴斯克維爾家的獵犬》、《四簽名》、《西遊記》、《木偶奇遇記》……都是世界名著呢，鐵定暢銷啊！可是把天給曉星作膽子，他也不敢拿來出版。儘管他不是為了自己掙錢，儘管地球上的人除了他就沒有人知道。

他目不轉睛地盯着一本書——《劫機疑雲》。

這是小嵐姐姐繼《尋人啟事》之後寫的另一本書，故事講的是某國捉到了一個超級大盜，這個超級大盜的手下為了救人，便利用高科技，製造了一次假的「劫機」案，要求政府釋放大盜，否則就炸毀飛機。而書中小主角識破了犯罪分子的詭計，成功在地面抓獲幾名用高科技偽造劫機現場的犯罪分子。小主角運用縝密的思維，對案情進行細緻嚴謹的剖析，一

75

步步抽絲剝繭，巧妙地揭開事情背後的真相。小說故事的布局巧妙、緊張刺激，令人欲罷不能。

小嵐姐姐這本書雖然說沒有像《尋人啟事》那樣獲過國際級的大獎，但在香港也拿過好幾個獎項，後來在烏莎努爾出版，也都很受歡迎。

嗚嗚嗚，小嵐姐姐，難道真要再一次對你不住？

想到小嵐姐姐和曉晴姐姐會追着賞他糖炒栗子，他不由得歎了一口氣，又歎了一口氣，再歎了一口氣，繼續歎……

「是拿這本書出版呢？還是出版呢？還是出版呢？」曉星全不知自己三個選擇都是一樣的，他嘴裏碎碎唸着，「小嵐姐姐，對不起，一千個對不起，一萬個對不起！……」

曉星一邊說一邊義無反顧地把《劫機疑雲》複製到電腦的「桌面」，然後抱着電腦走出房間。

看着愁眉苦臉的小伙伴們，曉星說：「大家別愁了，我又找到了一本書稿，我們趕快送去印刷廠，加急印書，投放市場。希望半個月內能收到一筆書款，去幫助老院長。」

「啊！」大家異口同聲喊了一聲，都不相信地看着曉星。

「小五，你還有書稿？」大東驚喜地問。

「嗯。」曉星點點頭。

二南掛着眼淚的臉綻開了笑容。

戴無畏瞇起眼睛，一臉探究地看着曉星。心想，這小傢伙究竟還有多少「存貨」呀！

三西嘟着嘴說：「小五，那你就不對了。幹嗎不早點把書稿拿出來，弄得我們愁了半天。」

四北說：「是呀是呀，小五，你早說嘛！」

「我……」曉星不知怎麼解釋。他低着頭，心裏好委屈。

「別說了，小五肯定有他的原因的。」大東拍拍曉星的肩膀，又問戴無畏，「戴哥哥，現在付印，最快可以幾天印好？」

戴無畏說：「加急印吧，多花一點印刷費。印十萬冊四天就可以印好。」

付印之前還得設計版式及封面，幸好戴無畏自小被父親培養，已是一個全能的出版人，排版不在話下，連畫畫也會。於是他分配小福們分頭去做事，自己便拿着書稿走進了房間，計劃用一天時間完成排版和畫封面圖。

四個小福也各幹各的，聯絡印刷廠的馬上出了門，負責宣傳的開始考慮宣傳攻勢，負責銷售的開始做營銷計劃……

　　哎，曉星上哪去了？回房間了。書桌前不見人，牀上也不見人，原來他蹲在牆角，委屈地用指頭在地上畫着圓圈。

　　小嵐姐姐，我實在沒辦法才拿你的小説去出版的呀！你以後要揍我也別太使勁啊！

第 9 章　新書大賣

五天後，由五小福出版公司出版的《劫機疑雲》，首印十萬本發行上市。戴無畏以他的經驗，初版印二十萬本完全沒問題，只是他們資金不足無法多印。所以先印十萬，等收到書款，再印第二版。

由於之前的兩本書，《大腳板童話》和《尋人啟事》都很受歡迎，所以挾着這股東風，戴無畏有信心這本《劫機疑雲》也能暢銷。何況這本書本身故事同樣十分精彩。

而實際上也不出所料，受《大腳板童話》和《尋人啟事》的熱銷效應影響，許多圖書批發商和書店一接到同一作者寫的《劫機疑雲》出版的消息後，都踴躍訂貨，幾天內，十萬冊書便陸續從印刷廠倉庫裏被提走了。經銷商們都爽快地簽了代銷合約，同意十天內把書款結清。情況正如戴無畏所希望的順利進行着。

這幾天為了趕着出版《劫機疑雲》，大家都累壞了，所以《劫機疑雲》被各經銷商認購運走後，大家都鬆了一口氣。之後公司一連幾天都關門大吉，全部人宅在家裏靠叫外賣度日，吃了睡，睡了吃，弄

得三西大為後悔當初為什麼不堅持叫「喜洋洋出版公司」，要不現在改一個字就可以變成「懶洋洋出版公司」，大家就可以理直氣壯地懶下去了。

沒想到懶洋洋的局面很快就被打破了，到了第三天上午，還在睡夢中的大家就被「砰砰砰」的敲門聲給驚醒了。

聽不到聽不到。大家都自我催眠，誰也不想離開那張舒服的牀。

「着火啦着火啦！」有把粗嗓子喊得連房子也顫了幾顫。

「啊，哪裏哪裏？哪裏着火了！」三西從牀上跳了起來，披着條被子慌慌張張地跑出了房間。

四北卻比他反應更快，已經直接提了個水壺在手了，簡直具備了消防員的優秀潛質。

這時其他人也都走出了房間，二南睜大受驚的雙眼：「啊，哪裏着火了？」

曉星擦了擦迷糊的眼睛，發現喊火警的始作俑者在門外，便走去打開大門。但他馬上被一窩蜂湧進來的人嚇了一大跳，何況這些人手裏都舉着一張支票。

只見過年底拿欠單收債的，沒見過大清早來塞支票的啊！

「我要包銷一萬本，這是支票！」

「給你支票，我包銷兩萬本！」

「我全包了，有多少要多少！」

「……」

曉星被這陣勢嚇呆了，幸虧戴無畏本着保護未成年人的大無畏精神，往曉星面前一站，用自己的身體擋住了眾多支票的「攻擊」。

「別吵，再吵我叫警察叔叔了！」戴無畏大吼一聲，總算連人帶支票給鎮住了。

戴無畏疑惑地問：「發書給你們才幾天，怎麼又來要貨？」

「戴經理啊，你不知道這兩天發生了什麼事嗎？」一個高胖大叔用他的粗嗓子說。

戴無畏和身後的五小福一齊困惑地搖了搖頭。這幾天他們只顧呆在家裏「懶洋洋」了，哪知道外面發生了什麼事。

一個斯文的眼鏡哥哥說：「《劫機疑雲》大受歡迎，各書店裏的書快賣斷市了。」

「啊，真的？」五名小福和一名大無畏喜上眉梢，繼而抱成一團，哇哇大叫，「賣斷市了！賣斷市了……」

好不容易安靜下來的圖書經銷商，又爭先恐後地說話了，有的說會立即付清之前的書款，繼續入貨；

有的説可以包銷，錢馬上給……

「大家靜一靜，靜一靜。」戴無畏雙手往下一壓，説，「其實，我們手頭已經沒有書了，不過，可以馬上印第二版。」

「沒問題，我等得起。你先收我支票……」

「先收我的！」

「先收我的！」

戴無畏大聲説：「好好好，排好隊，一個個來，保證滿足需要。」

一眾經銷商聽了喜得抓耳搔腮的，乖乖排隊、簽約、交支票，然後一個個樂滋滋地回家了。

二南算了算收到的支票，把之前經銷商代銷交回來的書款，和剛收到的包銷款加在一起，有五十多萬。

五十多萬啊！大家眼睛都睜圓了。

「嗚嗚嗚，我們有錢了！」四北哭了起來。這段時間這孩子壓力實在太大了，老是把責任往自己身上背。

戴無畏其實也很想哭的。一直以來，這樣優異的銷售成績，只有四大貴族的出版公司才能做到。當他大學畢業和父親一起經營家裏的出版公司時，他也曾有過夢想，趕超四大出版公司，成為天宙國的出版龍

頭。但沒想到夢想不但未能實現，反而在出版總會的打壓下，把公司弄沒了。

如今，他身為總經理的五小福出版公司做到了，十萬本書不到幾天就差不多賣完了，這是多麼驕人的成績啊！他激動得真想號啕大哭，只是忍住了。之前提起傷心事在曉星面前哭，想起自己也覺得丟臉。

大東幫二南擦乾眼淚，又說：「五十多萬，離老院長欠的錢還差一些呢！」

戴無畏點點頭說：「這五十多萬也不能全給孤兒院還債，別忘了這裏面有一部分是預收書款。我們馬上要給錢印刷廠，加印《劫機疑雲》第二版，好儘快發貨。」

啊！小福們全愣了。光顧着高興，都忘了要留些錢印第二版的事了。

戴無畏到底比他們年長，他想了想說：「這樣好了，先拿四十萬塊給孤兒院，可以請老院長跟債主談談，餘下的債務一個月後再還。那些黑社會已經拿到大部分錢，相信會答應的。我們把剩下的錢拿去印《劫機疑雲》第二版，按這本書的勢頭，一個月後能收回一筆錢應不是問題……」

「嗯，同意，同意！」小福們不住地點頭。

戴無畏真是料事如神，黑社會分子收到四十萬

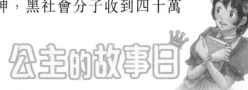

後，早樂得只顧數錢了，所以對老院長有關餘款一個月後再還的要求，他們也假作大方地應允了。於是小福們暫時解了燃眉之急，又準備下一輪的出版事宜。

　　忙碌中的五小福公司全體員工怎麼也沒想到，一場災難正悄悄來臨。

第 10 章　　出逃的菲菲小公主

　　天宙國的出版業，全掌握在全國出版總會手裏，而全國出版總會，又掌握在該總會的四名常務理事——即天宙國四大貴族的代表手裏。在他們的掌控下，分別代表四大貴族的常富、萬興、長紅、雲圖出版公司，幾乎壟斷了整個國家的出版業，而其他出版公司，只能在他們的打壓下，在狹縫裏勉強生存。

　　這天，出版總會召開了一個臨時緊急會議，在會議中，四名常務理事每人手持一份全國每周出版銷售表，震驚得好像末日來臨。

　　出事了，出大事了！一家剛剛登記開業不久的蚊型出版公司，竟然以單本書一周銷量八萬冊，榮登銷售榜首。這是四大出版公司絕不容許的。

　　四名常務理事身後都是一個財雄勢大的家族，他們本人都是千億財富的擁有人，這四個人的氣場，讓幾名負責記錄的秘書大氣都不敢出一下。

　　「會議開……」

　　主持會議的理事宣布開會的話還沒說完，會議室的門被人「砰」的一下推開了。一個十一二歲、漂亮精緻得彷彿從圖畫裏跑出來的小美女，背着雙手，蹬

蹬蹬地走了進來。她留着一頭短短的鬈髮，白裏透紅的小臉向上仰，小巧的鼻子也朝向了天，進來也不跟裏面年紀足可以做她爺爺的四個人打招呼，哼了一聲就説：「散會吧。五小福公司暫時停業、書籍沒收，就這樣。」

「是！」會議室裏所有人急忙起立，鞠躬應諾。

「唔。」小美女滿意地點點頭，轉身昂首挺胸地出去了。

四名理事相互瞅瞅，主持的理事説：「那……散會吧！」

小美女説的，也是他們想做的事，但小美女沒説的，他們也不好再做了。本來他們除了關停五小福公司、沒收書籍，還準備有「罰款」這一項，罰五小福出版公司幾十萬，甚至上百萬，讓他們永世不得翻身。誰叫他們的書賣得那麼好，賣得好的書只能在四大出版公司出版。

第二天，五小福出公司被出版總會通知停業，理由是開業手續存在欺騙，營業證書上面那個印章這麼模糊，一定是用馬鈴薯雕了自己蓋上去冒充的；《劫機疑雲》教人高科技犯罪，看，竟然教人用假劫機要脅政府，萬一讀者看了之後，也像故事裏的罪犯這樣做那怎麼辦？

就這樣，以莫名其妙的罪名，五小福公司被下令停業了，剛印好的《劫機疑雲》第二版全部書籍被沒收。

那些預付了書款的經銷商可不幹了，於是又在某個清晨來公司大門口敲門兼喊火警，向五小福公司索償。

五小福任那些人在門口叫囂，不敢開門。因為一開門，那些人的口水就可以把他們淹死。他們現在的情況比做乞丐時還慘，那時是一無所有，現在是背了一身債。

「唉唉唉──」這是二南和四北在歎氣。

「砰砰砰──」這是大東和三西憤怒地用拳頭擊打牆壁。

「格格格──」這是戴無畏新仇舊恨之下，咬牙切齒。

「呼呼呼──」這是曉星……

哦不，不是曉星，是曉星前幾天撿來的流浪貓在打呼嚕。大家都為公司的不幸傷心憤怒，沒有人想起要餵牠，牠只好鬱悶地睡了。牠以為睡覺可以忘掉肚子餓。

曉星這時坐在客廳的角落裏，嘴巴撅得長長的，為自己穿越到了這麼一個不公平的國家而懊惱着。肚

公主的故事日

子「咕咕」地響了幾下，他才想起早餐和中飯都還沒吃。

「二南哥，你看看我們還有多少錢。」曉星對二南說。

「嗯。」二南打開錢包，把裏面的錢拿了出來，放在桌上。

銀行裏的錢已經全拿出來付了印刷費了，所以二南錢包裏的是小福們的全部財產了。

這時四北也不歎氣了，大東和三西也不捶牆了，大家都眼巴巴地盯着桌上那堆錢。

「十塊，二十塊，三十塊⋯⋯一百一十塊。」二南把桌上的錢數完，又往錢包裏瞅瞅，説，「就這些了。」

大東用額頭抵着牆，十分絕望：「唉，一個月後怎可以有二十萬給孤兒院還債呢？」

三西兩眼發直：「幸福的日子是那麼短暫⋯⋯」

「難道我們又得離開這溫暖的家，重新回到天橋底做回小乞丐嗎？我不要，我不要再做小乞丐，我死也不離開這裏！」四北雙手死死地抱住一條桌子腿，好像這樣別人就沒辦法把他從屋子裏趕出去似的。

曉星苦着臉，也沒了主意。雖然他很聰明，但是也沒聰明到可以讓錢從天上掉下來呀！

「砰砰砰！砰砰砰！……」

「開門，還錢，你們這班小騙子！」

「……」

外面敲門聲越來越響，人聲越來越嘈雜，想是又有新的經銷商加入了。

屋裏的人好無奈。

突然，外面好發生了什麼事，吵鬧的聲音突然停了下來，接着是一陣紛沓的腳步聲，似是人們在匆忙離開。

腳步聲漸漸遠去，門外一時變得很安靜。

屋裏的人交換着狐疑的眼神，心裏都在嘀咕：都走了？拿不到錢怎麼肯走？難道有什麼比債主更兇更惡的東西出現了嗎？

曉星走去打開門，想看個究竟。

「噢！」他馬上嚇了一跳。

門外要錢的人全跑光了，只是門口正中站了一個大約十一二歲的女孩，她小臉白裏透紅的，鼻子小巧眼睛大大，小嘴像花瓣似的，她留着一頭短短的鬈髮，鬈髮上夾了一隻精緻的紅色小蝴蝶。

即使是在這幾年見過太多大小美女的曉星，也都不禁多看了她幾眼，好漂亮的小女孩。

只是這個漂亮的小傢伙太高傲了，她仰着小臉，

鼻孔朝天的樣子，就像個驕傲的公主。

她瞅了曉星一眼，小巧的鼻子哼了一聲，便把雙手負在身後，旁若無人地衝着曉星走了過來。

「嘿嘿！」曉星見她直直地朝自己走了過來，好像當自己透明一樣，便喝了一聲，希望她停下腳步。誰知那小傢伙根本不理會，曉星只好往旁邊一跳，避開了。

屋裏的人不知道發生了什麼事，見曉星閃避在一旁，又有人走了進來，都很是愕然，大家都眼瞪瞪地看着那個鼻孔朝天、盛氣凌人的小傢伙。

曉星差點被她撞上，有點氣急敗壞，大聲說：「這是私人地方，誰讓你進來的？」

小女孩眼睛一瞪：「你腦袋讓大象踩了？胡說八道！什麼私人地方？整個天宙國，都是我們家的！」

大家都吃了一驚，好大的口氣！好模好樣的，別是……

「啊，神經病！」曉星脫口而出。

「你才神經病！你們這裏全是神經病！你們這裏的人的親戚朋友的全家都是神經病……」小女孩生氣了，小嘴劈里啪啦說了一大堆。

「這裏全部人？這裏全部人的親戚朋友的全家？哇，你好惡毒！」三西跳了起來。

「你罵我？你們敢罵我？你們這些下等人，只配跪在我腳底下舔我的腳趾頭……」小女孩滿臉通紅，直着嗓子嚷嚷。

也太狂妄了吧！大家都皺着眉頭，看着這漂亮得一塌糊塗卻又囂張得人神共憤的小東西。

小女孩用小手指，朝着屋裏的人一個個指過去：「你，還有你你你你你，我叫爸爸把你們全部抓去坐牢！」

三西滿不在乎：「你爸爸了不起啊！」

「當然，這地方他最大！」小女孩驕傲地仰起頭。

曉星撇撇嘴說：「哼哼，最大？真好笑，難道他是國王！」

小女孩雙手在腰裏一叉：「沒錯，我爸爸就是國王！」

「哈哈哈哈，笑死人了，竟然有人亂認爸爸。羞羞羞！」曉星用指頭刮着臉頰。

三西和四北、大東也跟着笑了，戴無畏看着這個精緻得像洋娃娃般的小傢伙，也搖着頭笑了。

「你們……」小女孩一跺腳，剛要發脾氣，門「砰」地被打開了。

呼啦啦，一班身穿黑衣服、黑頭套蒙臉只露出兩

隻眼睛的人衝了進來，把手裏的槍指着屋裏的人。

「媽呀！」二南三西四北嚇得躲到了大東和戴無畏的背後。

「飛虎隊?!好帥！」曉星卻興奮地叫了起來。

服飾跟香港飛虎隊差不多啊！太有親切感了。曉星簡直想馬上撲過去，隨便摟一個，喊一聲「嘿，哥們」。

「錯，不是飛虎隊！」領頭的大個子瞪了曉星一眼，說，「我們是天宙國皇家衛隊！」

「皇家衛隊？」曉星高興地喊了起來，「我萬卡哥哥以前也當過皇家衛隊呢，還是隊長！」

「萬卡？不認識。他是哪一年在皇家衛隊服役的？」大個子很八卦地問，但又馬上拍了拍腦袋，做出一副兇樣子，「別跟我拉關係！離我遠點！」

他又問小女孩：「菲菲公主，你沒事吧？」

公主?!真是公主！小福們很吃驚。

小女孩小胸脯一挺，挺神氣地説：「我能有什麼事？我是公主，誰敢動我一根毫毛！」

「那好。奉國王命令，帶公主回宮！」大個子説完扭頭朝隊員們點點頭，説，「做事！」

「是！」兩名隊員走到小女孩身邊，每人抱一條腿一隻胳膊，把她抬了起來。

　　「不，不要！我不要回去，我的事還沒辦呢！救命啊！」小女孩哭叫着，又回頭可憐巴巴地瞧着曉星他們，「救我，救我。」

　　哦，原來這菲菲小公主是個逃犯！

　　誰敢去跟那些黑鐵塔般的皇家衛隊隊員們作對呀？何況，這小女孩也太刁蠻任性了。不但要抓回皇宮，最好像孫悟空一樣，壓在五行山下，等唐僧師傅來教化。

　　「拜拜！不送了。」大家都很有禮貌地揮揮手，跟小女孩和皇家衛隊隊員們告別。

　　「喵喵……」連小貓咪也走出來送行。

第 11 章　曉星被誰綁架

　　雖然門外的討債鬼被小公主嚇走了，但欠債還錢，他們的錢卻是肯定要還的。只是公司被停辦，印好的書被沒收，上哪兒去找錢還他們呢！

　　唉，真是好事多磨啊，難道自己只配是小乞丐的命嗎？

　　戴無畏不知道怎樣安慰這班可憐的孩子，實在受不了屋子裏的沉重氣氛，他站起來，推門出去了。

　　漫無目的地走着，走着，忽然，他發現自己竟然回到了之前露宿的天橋底了。以前用過的破蓆子仍在，但已經鋪滿灰塵，而且更加破爛了。戴無畏呆呆地站在那裏，眼前好像又出現了衣衫襤褸的小乞丐。

　　不能讓孩子們再吃二遍苦了。

　　但是，自身難保，又有什麼辦法幫他們呢？

　　「戴無畏！」聽到一把清脆的女聲在喊。

　　戴無畏抬頭一看，只見是一個跟自己年紀相彷的女子，在笑吟吟地向他走來。

　　「何媛媛，是你呀！怎麼到這裏來了？」何媛媛是戴無畏的大學同學，畢業以後當了報館記者。

　　「我在附近採訪完，路過，沒想到碰見你。」何

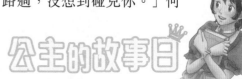

媛媛笑嘻嘻地走到戴無畏身邊，「聽説你又辦了一家出版公司，出的第一本書便上了暢銷書榜。上哪兒找來馬小星這麼好的作家？」

戴無畏惱火地一揮手，説：「唉，別提了，一提起我就火冒三丈。我正一肚子怨氣沒處發洩呢。」

「哦？出什麼事了？我們找個地方坐下聊聊。」何媛媛眼睛一亮，好像小狗見到了肉骨頭。原來記者都是很八卦的。

何媛媛和戴無畏來到附近一個小公園，找了張長椅坐下。戴無畏便一五一十地，把五小福的悲慘身世，把曉星的寫作天才及有關開辦出版公司後發生的所有事，統統告訴了何媛媛。

記者也是好打不平的，何媛媛一拍大腿，説：「真是太霸道了！聽説你以前那家出版公司，也是因為發展很好引起四大貴族忌憚，被他們設計騙你入圈套，以至倒閉破產的。」

戴無畏憤憤地説：「是的。現在好不容易曉星給了我機會和希望，打算重頭再來，沒想到又遭到那班壞蛋的妒忌。現在出版公司沒了，夢想也沒了，更可惜的是，那孩子沒有了一個供他馳騁的天地，我可從來沒見過寫作能力這麼強的小孩啊！」

何媛媛想了想，説：「嗯，那麼有才華的小作

家，怎可以被埋沒。我得想辦法幫他。」

「啊，真的 ?!」戴無畏驚喜地看着她。

何媛媛點點頭：「我們報館的副刊主編是我的好朋友，早前她曾跟我抱怨，說副刊的童話專欄作者不行，很想換人。我可以去說服她，換那孩子接棒寫故事。我們主編人稱王大俠，很有俠義心腸，她應該肯幫忙的。」

戴無畏大喜：「啊，那就拜託你了。即使不能出實體書，讓小五寫專欄也好，讓他有用武之地，稿費也可以解決一下小福們的生活問題，要不他們可能連飯也吃不上了。」

辦事利索的何媛媛，馬上撥打電話，把五小福出版公司和曉星的情況給她的主編朋友說了一遍。

對方果然是個路見不平拔刀相助的大俠，聽了何媛媛的話，主編毫不猶豫就答應了，電話裏的聲音大得連戴無畏都能聽到：「行啊行啊，這事我幫定了，我最討厭那些恃勢欺人的貴族們。現時的那個作者也是貴族子弟，霸佔童話專欄兩年多，我早就瞧他不順眼了。故事寫得枯燥無味，文字水平又低，純粹是沽名釣譽兼騙稿費的。馬小星那本《大腳板童話》我看過了，寫得很好啊！我就想要這樣的作者。就說定了，下個月就由他接上寫故事專欄，稿費每個字一塊

公主的故事日

錢。具體要求你知道的，你告訴他吧！」

「行，謝謝好閨蜜哦！」何媛媛喜笑顏開地收了線。

戴無畏激動地看着何媛媛，真是山窮水盡疑無路，柳暗花明又一村啊！

何媛媛說：「現在已是月底，離下個月沒幾天了，你叫馬小星趕緊開始寫故事，星期一至五，每日一篇，每篇八百字。稿費每周發一次。」

戴無畏跟何媛媛告別後，回去宣布了好消息，大家都開心得歡呼起來。這件好事同時也鼓起了小福們的勇氣，他們決定去找工作，一起努力掙錢，解決目前困境。

第二天，大家一大早就起來了。

「噓，別發出那麼大的噪音，小五在構思故事呢！」

「大家趕快刷牙洗臉！印刷廠廠長好心讓我們去他那裏當搬運小工，遲到了會給人留下壞印象的。」

「二南，你別老是想跟着去，你動完手術不久，不能幹力氣活，你的任務是照顧好小五和戴哥哥，煮飯給他們吃。」

「走啦走啦……」

屋子裏一陣擾攘，之後又變安靜了，留下一個二

南在收拾桌子，把吃完早餐後的碗筷拿去廚房涮洗。

　　為了在這困難時期，掙起全部人的生活費用，以及給孤兒院籌錢，除了曉星寫專欄掙錢外，大東三西四北都去了印刷廠做工，而戴無畏就重操舊業，替人補習。

　　二南本來就是個文靜的人，加上他做什麼事都習慣輕手輕腳的，所以屋子裏十分寧靜。曉星坐在自己房間裏，對着那台電腦構思他的童話。

　　「砰砰砰！」突然有人使勁拍門。

　　「誰呀？」曉星生氣地嘟起了嘴，靈感剛到，又被打斷了。

　　他站起身，走出房間，打開了大門。

　　還來不及看是誰，腦袋就被人用什麼東西一蒙，接着身子一輕，竟是被人扛了起來，向外走去。

　　「什麼人？你們要幹什麼？」曉星拚命掙扎，但卻無法掙脫，他顯然正被一個力大無窮的人死死地挷制着。

　　接着他感覺到自己被塞進一輛車子裏，而挷制他的人也跟着坐上車，見曉星拚命掙扎，又用一根布條把他雙手和雙腳都綁住了。

　　曉星動彈不得，只好大聲請求：「大哥大叔，放了我吧！我很窮的，你們綁了我也沒用，我的哥哥們

99

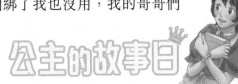

根本沒錢來贖我。我們家還欠了別人很多錢呢！」

　　沒有人回應他。這時車子發動，飛快地駛走了。

　　「你們要把我帶去哪裏？我們家真的沒錢，放了我吧！你們想想，綁架人質多累多麻煩啊，如果能拿到贖金的話還好，但你們注定是白忙一場的，這多劃不來啊！」曉星繼續説服着綁匪。

　　還是沒有人理會。

　　「如果拿不到贖金，你們會撕票嗎？千萬不要！我玉樹臨風英俊瀟灑，死了這世界就少了一個大帥哥了，多可惜呀！」曉星喋喋不休地説着，説得他自己也害怕起來了，「啊，你們不會真的會滅口吧？嗚嗚嗚，我不要死，救命啊，小嵐姐姐救命啊！呃……」

　　一條毛巾塞進他嘴裏，頓時沒了聲音。

第 12 章　愛聽故事的公主

「砰！」曉星被扔到地上。

幸虧觸碰到的地方是軟軟的，像一塊厚厚的地氈，否則會摔得很痛。這些人太粗魯了，曉星心裏埋怨着。

等到綁着手腳的布條被人解開，曉星坐了起來，逼不及待地扯下頭套。啊，自己身在一個美麗的花園裏，腳下是一大片綠茵茵的青草地。之前見過的大個子皇家衞隊，正站在他面前嘿嘿怪笑。早就該想到是這傢伙了。

還沒來得及聲討對方的粗魯行為，大個子已經退到一邊，無聲無息地不知隱藏到哪裏去了。偌大的草地上，除了曉星，只站了一個雙手負在身後、鼻孔朝天的小傢伙。

「幹嗎抓我？」曉星當然認得她，此刻氣不打一處來。

「完成我昨天想做的事呀。」菲菲小公主挑了挑眉毛。

「昨天？」曉星狐疑盯着菲菲小公主，「你昨天是特地來我們公司的？什麼事？」

「找你做我的男僕啊！」

「呸呸呸，鬼才做你的男僕。不幹，我才不去侍候人呢！」曉星拒絕得毫不含糊。

「不用你侍候，只要你專門給我講童話故事。」

「給你講故事？」曉星氣得鼻子也冒煙，想聽故事犯得着綁架嗎？

「我已經把你那本《大腳板童話》看了二十一遍了，我要看新的故事。你馬上給我寫。不，講也行。」

「不講，死也不講！」想聽故事就要好好來請，幹嗎要這樣暴力，弄得現在曉星小心肝還在砰砰亂跳呢！

「死男僕，你不知道我是公主嗎？竟敢違抗我的命令！」

「公主了不起呀！」曉星撇撇嘴。我小嵐姐姐就是公主，人家不知道多麼聰明善良，多麼大方得體，哪像你這小惡魔就會鼻孔朝天瞧不起人。

「信不信我把國王爸爸請來，他可威風了，看把你嚇死！」

「哼！以為我沒見過國王嗎？本少爺威武不能屈！」曉星心想，烏莎努爾萬邦來朝，我見過的國王恐怕比你這小惡魔多得多。

菲菲小公主皺着眉頭打量曉星，她還真沒見過不怕國王的人。

「真的不講？」

「真的不講！」

「你你你你你你……」見到曉星撐着脖子一副寧死不屈的樣子，菲菲有點抓狂。

硬的不行，只好來軟的了。她蹭到了曉星面前，說：「你如果肯講，我讓你的出版公司恢復營業。」

「真的？」曉星眼睛一亮。

「死男僕。我是公主，公主會説話不算數嗎？」菲菲咬牙切齒。

「誰説公主就説話一定算數。」曉星想起了那個討厭的海倫公主，他又問菲菲小公主，「出版總會的人會聽你的嗎？」

菲菲小公主撇撇嘴説：「當然！停業封書的命令就是我親口下的。」

「啊，你這個……」曉星氣得跳了起來，「你這個小惡魔，原來是你在搞鬼！我們無冤無仇，你竟然……」

菲菲小公主吐了吐舌頭：「嘻嘻，我不就想逼你給我講故事嘛，怕你不答應，就用這要脅你。」

「你不知道，這會害死孤兒院的小朋友嗎？我們

公主的故事日

掙不到錢，沒辦法替老院長還債，小朋友們就會被賣掉了。」曉星怒不可遏。

「大膽男僕，竟敢說本公主的不是！」菲菲小公主瞪着曉星，見到曉星不怕她，便嘟着小嘴，「好啦，我馬上讓人把那些沒收的書送回你們公司，你們馬上拿去賣好了。」

菲菲小公主吹了一聲口哨，不知從那裏冒出了一個穿便衣的人，菲菲小公主吩咐說：「通知出版總會，立即把從五小福出版公司沒收的書全部發還。半小時之內，我要聽到書已經送回的消息。」

那人應了聲「是」，轉身小跑着離開了。

見到公司可以重新運作，曉星心中歡喜，便慷慨地說：「好吧，看在你知錯能改的份上，我就給你講一個故事。」

「兩個！」菲菲小公主見到曉星願意講故事，馬上兩眼放光芒。

「不行，就一個。」

「那……好吧！」

剛好曉星早上構思了一個故事。

「平平家養了一隻小黃雞。小黃雞長着尖尖的小嘴兒，圓溜溜的黑眼睛，牠身上的毛又密又軟，跑起來就像一個滾動着的毛線球，有趣極了。今天是一年

一度長洲飄色巡遊的日子，平平和她的很多同學被選作小演員，扮成各種人物、動物參加巡遊。老師知道平平喜歡小雞，便把扮小雞的任務交給了她。平平一大早就起了牀，媽媽給她穿好小雞衣裳，戴上小雞頭套，哈哈，平平家又多了一隻可愛的小雞！最高興的是小黃雞，牠圍着平平『嘰嘰嘰』地叫着，好像在說：『歡迎平平小雞！』

「媽媽牽着平平出門了，小黃雞跳上平平的手掌心，跟着平平一塊去。巡遊開始了，平平捧着小雞，坐在高高的鐵架子上，看上去就像飄在半空中似的，好玩極了。沒想到，走到小河邊時，突然颳起一陣風，把平平的小雞頭套颳到河裏去了……」

曉星的故事講得生動有趣，菲菲小公主聽得小嘴巴張成個大大的「O」，就像朵半開的小花蕾。曉星想起了自己那個女同學，於是又對在草地上那些飛來飛去採蜜的小蜜蜂充滿期望，惡作劇地希望會有一隻不長眼的，把菲菲小公主的嘴巴當作小花蕾飛了進去。

可是，故事快講完了，竟然沒有一隻小蜜蜂如曉星的願，這些小飛蟲聰明得簡直天地不容啊！

故事講完了，曉星想瞧笑話的願望也落了空，他伸了個懶腰，說：「好了，我要走了。」

「能再講一個嗎？求你了！」菲菲小公主雙手合十，懇求着。

曉星瞧了瞧她，瓷娃娃一般白淨的臉上，兩個小酒窩隨着她説話一跳一跳的，十分可愛，長長的睫毛隨着兩隻大眼睛的眨動，像兩把小扇子一樣搧了幾搧。沒有了先前的傲慢刁蠻，還真是一個可愛透頂的小傢伙。

曉星想了想，説：「新的故事我還沒想好呢，想好再講吧！」

「那一言為定！」菲菲小公主十分興奮，「過幾天你繼續給我講。」

「喂，你別又派人綁架我！」曉星一臉警惕。

「嘻嘻，不會啦！我會很客氣的。」菲菲小公主説，「真的，相信我。」

曉星瞅了她一眼，沒吭聲，只是滿臉都寫着「不相信」三個字。

第 13 章　讓小貓咪發警報

菲菲小公主叫人開車把曉星送回了五小福公司。

剛下車，曉星就看到公司大門敞開，裏面鬧哄哄的。

曉星嚇了一跳。啊，難道催債的人又來了？

正發怔時，見到四北從裏面出來。四北一見曉星，便驚喜地跑過來：「小五，你回來了？沒事吧？你被幾個皇家衞隊抓走後，二南馬上通知了我們，大家都急死了，全都立即趕了回家。戴哥哥和老大去找人想辦法救你，還沒回來呢，我得馬上打電話告訴他們。」

四北說完，馬上轉身回屋裏打電話。因為資金一直不足，所以他們只安裝了一部家居電話，而平常最多業務來往的戴無畏，就繼續使用他自己的手提電話。

曉星跟着四北進屋，邊走邊擔心地問：「怎麼來了這麼多人，又是來要債的嗎？」

四北興奮地說：「不是，是好事情呢！戴哥哥和老大離開不久，我們就接到印刷廠打來電話，說是出版總會把沒收的書全送回去了。叫我們趕快通知經銷

商去拿貨。有些接到通知的經銷商把這事告訴了一些同行，所以好些之前沒下訂的經銷商就都跑來了，要求拿貨。哇，真是天上掉下來的好事啊。不過真是很奇怪，不知道出版總會幹嗎又大發慈悲把書還回來了。我之前已經打電話告訴戴哥哥他們了，戴哥哥讓我和二南三西負責處理這件事，他們繼續去找你。」

曉星聽了很高興，看來這刁蠻小公主還是說話算數的。

四北拿起話筒，撥了戴無畏的手提電話，把曉星回來的事說了。戴無畏和大東都很高興，說馬上回來。

四北放下話筒，剛要問曉星什麼，一個性急的經銷商就拉着他談訂書的事，曉星見大家都在忙，便回了自己房間，打開電腦，趕緊把構思好的兩篇童話故事寫出來。

已經想好的故事，剛才又給菲菲小公主講了一遍，所以曉星寫起來很順暢，不到半小時，就寫好了一篇。剛要另起檔案寫另一篇時，房門被推開了。

「小五！」大東首先衝了進來，他神情激動，一把抓住曉星的手，把他上下打量了一番，然後才鬆了口氣，「幸虧沒事！怎麼回事，皇家衞隊怎麼把你抓去了？」

　　二南也走了過來，說：「是呀是呀，剛才太嚇人了。把你扛走的那個黑大個子，我認得是之前來接走菲菲小公主的皇家衛隊。」

　　戴無畏若有所思，說：「那是菲菲小公主叫人抓你的？跟後來的新書被發還有關嗎？」

　　到底是大人，就是比小孩子想得明白。曉星佩服地看着戴無畏，點了點頭。

　　曉星見來訂書的人都走光了，便拉大家坐下，把自己上午的奇遇說了。大家聽完，才知道發生了什麼事。

　　三西很不高興地說：「真是個刁蠻公主！想聽故事好好說唄，又是封書又是抓人的，太欺負人了！」

　　四北嘟着嘴說：「是呀是呀！聽到小五被抓走，我嚇得魂魄都不齊了，現在還心有餘悸呢！」

　　戴無畏說：「剛才我跟大東去找人幫忙，也聽到一些消息。即使菲菲小公主不摻和進來，出版總會也準備出手了。如果出版總會的四大貴族插手，那就更加難辦。菲菲小公主只是為了嚇唬我們，好要脅小五給他講故事，我們總有機會恢復營業的。而一旦出版總會出手，則是要我們永世不得翻身，他們必定使用更狠毒的手段，讓五小福公司倒閉收場，就像對我們家公司那樣。」

二南眨了眨眼睛，説：「咦，那豈不是菲菲小公主間接挽救了我們公司？」

　　戴無畏點點頭，説：「可以這麼説。」

　　「小五，那就委屈你了。也只有你才能搞定那刁蠻公主。」戴無畏拍拍曉星的肩膊，説，「其實五小福也算是山窮水盡疑無路，柳暗花明又一村，剛好碰上一個喜歡聽童話故事的菲菲小公主。那我們公司暫時沒有關閉的危險了，即使四大貴族怎麼羨慕忌妒恨，如果有菲菲小公主的庇護，我們公司就可以一直發展下去。」

　　大東興奮地説：「那我們就可以按原來計劃，把第二版《劫機疑雲》賣完，就可以還清孤兒院的債了。小五，謝謝你啊！這次又是你起了關鍵作用，曉星曉星，你真是我們的福星啊！」

　　「嘻嘻！」曉星得意地笑着，可馬上苦着臉説，「只是……那刁蠻公主從此就賴上我了，那怎麼辦？」

　　「小五，委屈你了。」大東一臉同情，走出了房間。

　　「小五，忍忍吧！」二南一臉正經，拍拍曉星的肩膀，也走出了房間。

　　「小五，為了五小福的前途，你就犧牲小我、勉

為其難吧！」三西朝曉星扮個鬼臉，也走了。

「小五，有美麗的菲菲小公主相伴，這待遇不是人人可以享受哦！」四北朝曉星露出一口大白牙，也離開了。

曉星抓狂了，用拳頭捶着胸脯：「一個二個都不講義氣，氣死我了！」

氣歸氣，但為了五小福公司，曉星只好認命了。

第二天，大家吃完早餐，都分頭出去了。他們要去各書店了解新書銷售情況。

曉星一個人留守公司大本營，兼寫新故事。不過，他邊寫邊有點心神不定，外面一點小動靜都讓他支起耳朵，生怕是那個刁蠻小公主突然跑來胡攪蠻纏。

唉，這樣太影響思考了，靈感都不肯來。曉星想了想，把正在窩裏睡懶覺的小貓抱起來，放在大門前：「小貓咪，好好幫我把門，如果那刁蠻小公主來了，就給我發警報。」

「喵喵！」小貓咪叫了兩聲，表示明白。

小貓的聽覺靈敏，可以及早報警。有了牠看門，曉星安心多了，很快就有了靈感，嘀嘀嗒嗒地敲起鍵盤來。

「喵喵……」小貓咪示警的叫聲把曉星嚇了一

跳，手一哆嗦，把剛打好的一段內容全刪掉了。

「倒楣！」曉星氣得使勁拍了一下桌子。

這時門鈴叮咚地響了。

「誰呀？」曉星大聲問道。心裏挺忐忑不安的，神仙姐姐保佑，千萬別是那個小惡魔。

「我是藍友書局的。」

曉星鬆了一口氣，打開大門。

「你好你好，我是藍友書局的。想來問問《劫機疑雲》還有沒有貨。」

處理好藍友書局的事後，曉星警告小貓咪：「別亂叫，如果是刁蠻公主，就叫兩聲；如果是別的人，就叫一聲。知道不？」

小貓咪聽了，馬上預習了一下：「喵喵！喵！」

「嗯，就這樣！」曉星滿意地點了點頭。

一天終於有驚無險地過去了，直到傍晚戴無畏和小福們回來，那刁蠻公主也沒出現。這讓曉星大大地鬆了一口氣，心裏在謝天謝地謝神仙姐姐。

大家帶回來的都是好消息，《劫機疑雲》賣得很好，看來能在限定時間籌到錢給孤兒院還債。

第 14 章　成語大戰

菲菲小公主六天沒出現，卻讓曉星糾結了差不多一個星期。

他的心情就像俄羅斯那個「第二隻鞋」的故事。

這個故事說的是有一個人每天晚上都回來很晚，一進家門就把兩隻鞋重重地甩在木地板上，兩下響聲在深夜裏顯得格外巨大，總是吵醒樓下睡覺的鄰居。於是，樓下鄰居每晚躺在牀上都忐忑不安的，直到那兩下巨響響起，他才放心入睡。有一天，那個夜歸的人回到家，甩掉一隻鞋後，突然想到這樣會不會打擾了樓下住客，於是將另一隻鞋輕輕地放在地面上。樓下的鄰居聽見第一隻鞋響，卻始終聽不見第二隻鞋掉到地板上，結果弄到一晚上都睡不着，老擔心着那一直沒掉落的第二隻鞋。

菲菲小公主就是令曉星糾結不安的「第二隻鞋」。

直到第七天，「第二隻鞋」終於掉下來了。

這天，曉星正躲在房間裏，為新的童話故事冥思苦想。由馬小星寫作的故事專欄已經出了三期，讀者反應非常好。報紙官網的論壇上有不少讀者在討論曉

星的童話，都一致認為比之前那作者寫的精彩多了。

很多小讀者都表示很喜歡馬小星童話，馬小星童話成了他們的睡前故事；不少家長也在論壇留言，説是有了馬小星童話，他們以後給孩子講故事時，就不用發愁了。

曉星每當看到這些評價時，都高興得差點像小狗一樣搖尾巴了。大受鼓舞之下，他寫作時更努力更認真。一定要寫出最好看的故事，才對得起天宙國人民啊！

靈感剛剛出現……

「喵喵……」小貓咪叫起來了。

「誰呀？」曉星站起身去開門。

一連六天沒見到菲菲小公主登門，曉星早鬆懈了。儘管小貓咪一直緊記着小主人的教導，喵喵兩聲示警，但曉星卻忘了這是菲菲小公主到來的約定暗號。他徑直走到門邊，一點都不設防地拉開了大門。

「男僕，我來了！」一個小身影昂首挺胸地走了進來。

「啊！」曉星猝不及防，嚇了一跳。

「本公主來了，還不跪下三跪九叩、高呼千歲？接着舔我的腳趾頭！」菲菲小公主大模大樣地坐在客廳沙發上，把兩隻鞋子一扔，盤腿坐着。

公主的故事日

「跪你個頭，再刁蠻我叫老鼠來咬你的腳趾頭！」

「老鼠？你們這裏真有老鼠？」菲菲小公主嚇了一跳，「嗖」的一下跳上了沙發。

「哈哈哈哈哈，真好騙！」曉星得意極了。

「死男僕！要不是看在你會寫故事的份上，就把你扔去鱷魚池！趕緊給我講故事。」

「我的故事不是每天都在報紙上刊登了嗎？還講什麼，自己看去！」曉星瞪了菲菲小公主一眼，轉身就要進自己房間。

「死男僕，給我站住！」

曉星當沒聽見，菲菲小公主氣鼓鼓的，蹦下沙發，蹬蹬蹬走去攔住曉星，怒氣沖沖地說：「死男僕，我可是幫了你大忙呢，你竟敢這樣待我！」

「哼！」曉星不屑地說，「幫什麼忙？我們公司之前被關停，還不是拜你所賜？你讓我們恢復營業本來就是帶罪立功。」

「你……」菲菲小公主氣得指着曉星，「你忘恩負義、卑鄙無恥、恩將仇報、反面無情、過河拆橋、鳥盡弓藏、六親不認、卸磨殺驢……」

曉星一聽來勁了，哇，四字成語，我最擅長啊，馬上說：「你慘無人道、豺狼成性、趕盡殺絕、狼

子野心、狼心狗肺、如狼似虎、喪心病狂、天理難容……」

菲菲小公主一跺腳，繼續放炮彈：「你兇神惡煞、包藏禍心、詭計多端、十惡不赦、大逆不道、離經叛道……」

成語高手曉星豈會示弱，馬上口吐真言，一連串成語扔過去：「你橫行霸道、橫行無忌、蠻不講理、強詞奪理、禍國殃民、窮兇極惡、殺氣騰騰……」

這時大東和四北回來了，一進門見兩人劍拔弩張地發起四字成語大戰，你來我往的，都瞠目結舌的。

兩名成語高手還在戰鬥。

117

菲菲小公主：「你罪該萬死！」

曉星：「你倚勢欺人！」

菲菲小公主：「你死有餘辜！」

曉星：「你作惡多端！」

菲菲小公主：「你力不從心！」

曉星：「你黔驢技窮！」

菲菲小公主：「你一錢不值！」

曉星：「你夜郎自大！」

菲菲小公主：「你萬紫千紅！」

曉星：「你萬水千山！」

……

　　見到兩人越扯越遠，大東有點哭笑不得，忙上去拉着曉星：「好了好了，別説了！」

　　公主「砰」的一下坐在沙發的左邊：「哼！」

　　曉星「砰」的一下坐在沙發的右邊：「哼哼！」

　　公主：「哼哼哼！」

　　曉星：「哼哼哼哼！」

　　大東見他們哼來哼去不知何時了，只好上去用手捂住曉星嘴巴。

　　菲菲小公主見大東似是五小福裏的「話事人」，便説：「我命令你命令馬小星馬上給我講故事。」

　　大東看着菲菲小公主氣鼓鼓的小臉，搔搔腦袋，也不知怎麼應對。雖然以前在孤兒院也接觸過許多小女孩子，但她們多乖呀，一點都不用哥哥姐姐們操心。想了想，便好言好語地説：「公主殿下，馬小星童話不是全登在報紙上了嗎？你可以自己看呀！」

　　「不行，每天就一個故事，太不過癮了。而且我是公主，我就是要比那些賤民早一點看到故事！」菲菲小公主跺腳，「馬小星，我命令你，趕快，馬上，立即！」

　　曉星雙手叉腰，像隻好鬥的小公雞：「我就不，就不，就不！」

　　菲菲小公主臉上出現了又委屈又憤恨，還有點氣

急敗壞的表情，接着嘴巴一扁一扁的，「哇」的一聲哭了起來：「我想聽故事！我真的好想聽故事……」

大東和四北兩人眼睜睜看着菲菲小公主淚流成河，不知怎樣勸她。

倒是曉星有點心軟了，說：「哭哭哭，再哭我就真的不給你講故事了！」

菲菲小公主的哭聲「嘎」地停了下來，抽泣着說：「那、那是不是我不哭你就講？」

曉星嫌棄地瞅了瞅她花貓似的臉：「擦好你的臉再說吧！」

菲菲小公主趕緊掏出紙巾，擦呀擦的，然後討好地看着曉星：「看，擦好了，擦得好乾淨呢！你快給我講故事。」

曉星說：「我有三個條件。」

菲菲小公主苦着臉：「啊，還有條件！好吧，你說。」

曉星扳着手指：「第一，以後不許耍公主脾氣，不許喊我男僕。」

菲菲小公主點點頭：「好的，男僕！」

知道說錯話，又趕緊捂住嘴。

曉星瞪了她一眼，又扳了第二根手指說：「以後來我們公司，不許橫衝直撞。要有禮貌，這屋子裏的

人都比你大，要喊哥哥。」

　　菲菲小公主點頭：「好，小星哥哥！」

　　曉星扳了第三根手指：「要學會尊重別人，不許叫別人賤民。」

　　菲菲小公主點頭：「好，不喊不喊。」

　　曉星說：「好吧，下面就給你講一個故事，叫《妖怪來了》。」

　　菲菲小公主眼睛一亮：「快講快講！」

　　曉星看了菲菲小公主一眼，見她兩隻本來就大的眼睛睜得更大，一眨一眨地盯着自己，玫瑰花瓣似的小嘴巴半張着，腦海裏不禁又出現了蜜蜂飛進去的情景。

　　希望有蜜蜂飛來的怪念頭又出來了。

　　不過這念頭也太邪惡了。試想想，被一隻蜜蜂「嗖」地飛進嘴巴，那多噁心。

　　曉星不由得也打了個顫，己所不欲，勿施於人。曉星一向是以好孩子自居的呀，好孩子更不能這樣了！想也不能想！

　　好孩子曉星搖搖頭，像是要把這邪惡念頭抖落，然後就跟菲菲小公主講起了剛寫好的一個故事。

　　「有一隻小白兔，長了一身雪白雪白的毛，所以大家都叫他『小白白』。」

菲菲小公主歡喜地挺了挺身子：「小白白？好可愛的名字！」

「有一天，小白白正在外面玩，看見天快下雨了，便趕快跑回家去，一不小心掉到泥塘裏去了。幸虧泥塘不是很深，小白白拚命地爬呀爬，終於爬上岸來了。」

菲菲小公主摸摸怦怦作跳的胸口：「啊，嚇死本公主了！」

「泥巴把小白白柔軟的白毛弄得黑黑的、硬硬的，小白白總是神氣地豎起來的耳朵，也耷拉下來，緊緊地黏在臉上。可是，小白白並沒有發現自己的怪模樣，還是高高興興地唱着歌，走回家去。」

「啊！」菲菲小公主有點小緊張。

曉星滿意地瞧了瞧她，遇到這樣投入的聽眾，還是挺有滿足感的。他繼續講下去：「走呀走，小白白碰見了好朋友小綿羊，他剛要上前打招呼，小綿羊卻害怕地喊了一聲：『妖怪來了！』就跑得連影兒都不見了。小白白很奇怪，小綿羊怎麼把好朋友當成妖怪呢？」

菲菲小公主很為小白白擔心：「小白白，快去照照鏡子嘛！」

「小白白又再走呀走，前面走來了好朋友小豬，

公主的故事日

小白白剛要和他打招呼，可是小豬害怕地喊了一聲：『妖怪來了！』也慌忙跑走了。小白白更奇怪了，怎麼連小豬也把好朋友當成妖怪了？」

菲菲小公主跺着腳：「蠢綿羊，大笨豬，那是小白白呀，怎麼就認不出來了？」

「小白白繼續走呀走，走到家門口，小白白敲敲門：『姐姐快開門，我回來啦！』門『吱呀』一聲開了，裏面走出姐姐小雪雪，小雪雪一見小白白就大喊起來：『妖怪來了！』然後『砰』一聲關上了門。小白白好傷心啊！怎麼連姐姐都把自己當作妖怪呢？他抽抽搭搭地哭了起來。」

菲菲小公主嘴一扁，也哭起來了：「小白白好可憐！」

「雨婆婆看見小白白哭得挺傷心的，忍不住也陪着他哭起來了。大雨嘩啦啦地下着，把小白白身上的泥巴全洗掉了。太陽伯伯怕小白白凍着了，忙跑出來，把小白白身上的毛曬得乾乾的、軟軟的。小白白好暖和、好舒服，靠在樹幹上睡着了。」

菲菲小公主含着眼淚：「小白白，好好睡一覺，一切都會好起來的。」

「這時候，兔媽媽回來了，見到熟睡的小白白，趕忙把他抱回家。小雪雪見到媽媽和弟弟回來了，馬

上大聲叫起來：『媽媽，剛才來了個黑妖怪，好嚇人啊，我真害怕您和弟弟被他吃掉呢！』

菲菲小公主很生氣：「還是姐姐呢，笨死了！換了我，才不會這樣呢！」

看見曉星住了嘴，她催促道：「還有呢，快講快講！」

曉星兩手一攤，說：「沒了，講完了。」

菲菲小公主急了，嚷嚷着：「啊，怎麼就沒了呢？後來兔媽媽一定會囑咐小白白注意安全，還會教訓姐姐怎麼連自己弟弟都認不出來。還有，小白白後來還有沒有再掉進泥塘裏，姐姐還有沒有再認不出小白白？還有還有，小白白長大後跟誰結婚了，生了幾隻小白兔，這些小白兔又跟誰結婚了，又再生了多少小白兔，這些小白兔後來又跟什麼兔結婚，又再生了幾多兔兔，這些兔兔又……」

「停停停停……」曉星頭都大了，要是故事像菲菲小公主這樣說下去，那還有完沒完！

「什麼呀，講故事不應該這樣的嗎？講呀，快講呀！」菲菲小公主一副不依不饒的樣子，拚命跺腳，大聲嚷嚷。

「小白白沒有結婚，一輩子獨身。行了吧！」曉星氣得變成了鼓氣小青蛙。

第15章　請支持《大腳板童話》

　　帶着小白白沒有結婚的遺憾，菲菲小公主總算走了。臨走前告訴曉星，她的國王爸爸只允許她每星期出宮一次，所以她只能在星期六來這裏聽故事。

　　曉星聽了，開心得簡直要謝天謝地謝神仙姐姐。起碼不用每天都要擔心那「第二隻鞋」掉下來了。

　　菲菲小公主走了不久，戴無畏和二南三西也前後腳進門了。戴無畏説：「有兩個消息，想先聽好的，還是先聽一般的？」

　　「好的！」五小福異口同聲喊道。

　　戴無畏興奮地説：「《劫機疑雲》賣得很好，籌得二十萬替孤兒院還餘下的債，已經勝利在望了！」

　　「耶！」一片歡呼聲。

　　壓在孩子心頭最大的一塊石頭終於可以放下了。

　　戴無畏又説：「另外，還有一個消息，天宙國兩年一次的十大童書評選，已在上月一號開始了，今個月十五號晚上八點就截止投票。之前因為忙這忙那的忽略了這件事，我剛剛看了一下，小五的《大腳板童話》也有幾千票呢！」

　　四北説：「哇，要是能進十大就好了。」

「是呀，如果《大腳板童話》能進十大，對促進《劫機疑雲》銷量很有好處，咱們替孤兒院還債就更有保障了。」大東說，「不過小五很吃虧啊，『大腳板童話』這個月二號才出版，投票已過去一個月，許多讀者已經使用了那一次投票權了。」

　　這時三西把曉星的電腦拿來並打開了，進入了十大童書活動網頁，他瞅了瞅，說：「現在排在第一位的，是范統寫的《小紅花朵朵開》，已有十萬零一票。排第十位的，靳麗寫的《小鹿回家》是三萬一千票。」

　　四北摸摸腦袋，苦着臉說：「啊，那小五不就起碼要有三萬一千票以上，才能超越靳麗進入十大？只剩下一個星期，來不及了。」

　　曉星瞧了瞧論壇，說：「討論還挺熱鬧的呢！好像對第一二名的范統、蔡美作品的評價挺高的。」

　　戴無畏哼了一聲，說：「不用看，全是水軍做的。投票也是。」

　　水軍，就是指拿錢發帖的人。給錢的人讓他們給誰說好話，他們就給誰說好話，讓他們罵誰他們就罵誰。

　　曉星嚇了一跳：「啊，那就是說，說這些作品好的和投票的人，全都是作家自己請來的？」

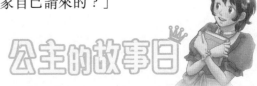

戴無畏說：「有的是作家自己請，有的是他們家族請來為自己子弟捧場的。這范統是四大貴族之一的范家子弟，是范家開辦的萬興出版公司捧出來的，所以肯定是范氏家族花錢請的水軍。」

二南皺着眉頭：「這樣太不公平了。」

三西忿忿不平：「哼，十大好書，好個屁！十大童書根本就不會是真正的好書。」

大東很是不滿：「那這活動搞來有什麼意義？」

戴無畏鼻子哼了一聲：「這根本是四大貴族為他們自己的作家造勢。我們做出版旳人都知道，每年選出來的所謂十大好書，基本上都是四大出版公司出版的，這些書的作者都是四大貴族的子弟，票都是他們花錢僱的水軍投的。但一般市民卻不知道，還以為真是好書，都會買來給自己孩子讀，那就正中了四大出版公司的圈套，他們的書就能大賣了。」

四北說：「那不如我們也請水軍來給小五投票，好不好？」

曉星聽了猛搖頭：「不好不好！我們既然知道這種行為是錯的，為什麼還要學他們呢！」

戴無畏表示同意：「小五說得對。我們不屑這樣做。」

三西喊了起來：「大家快看，論壇上也有不少人

支持《大腳板童話》！這個小三學生，還號召小學生都來投小五一票呢！」

幾個腦瓜湊了過去，只見那小學生寫道：

謝謝馬小星的《大腳板童話》，故事又好看又幽默，我喜歡極了。小豬豬好可愛哦！小烏龜真棒！我把他們當成了好朋友。從此媽媽不用擔心我沒故事看了！馬小星加油啊！

二南指着屏幕：「也有家長支持小五呢，你們快看！」

大家都去看那個帖子，只見上面寫着：

我是個七歲孩子的母親。以前老是找不到適合的故事講給孩子聽。感謝馬小星的《大腳板童話》，給了我精彩的故事，現在我每天晚上都給孩子講這本書的故事，孩子可喜歡聽了。我在今年的十大童書評選中投了這本書一票，希望媽媽們也來投一票哦！支持馬小星，支持馬小星的《大腳板童話》！

「耶！」三西和四北歡呼起來。

他們又抱着曉星，喊道：「小五，你好棒啊！」

「那還用説。我是風流倜儻、玉樹臨風、英俊瀟灑、多才多藝的周曉星嘛！」曉星得意洋洋的。

四北用手撥拉着臉頰：「不害羞……」

大東笑瞇瞇地説：「小五的確值得驕傲呢！我們也上網投票，也給小五拉票去！」

「好，投票！拉票！」

令大家開心的是，除了那個小學生和那位家長，還有戴無畏和小福們都積極為《大腳板童話》拉票外，還陸續有很多人為這本書拉票。許多讀者認為，這本書很有童真童趣，寓教育於娛樂，不像別的兒童書那樣生硬死板，一副教訓小孩子的腔調，這是一本真正的適合兒童看的好書，認為這本書值得入十大。

幾天裏，《大腳板童話》的投票數字一路攀升。五小福每天晚上看着那直線上升的票數，高興得忘乎所以。哇哇，終於，《大腳板童話》咬住了十本童書的尾巴，上了第十位了。

又過了一天，上了第九位；再過了一天，上了第七位；又再過了一天，衝上第四位了，五小福公司裏天天都開心得好像過節。

十五號那天下午，離截止投票還有四個小時，《大腳板童話》終於升上了第三位，五小福的笑聲差點把屋頂都衝開了。

三西說：「曉星，前三名除了有獎杯，還有獎金呢！」

四北得意地說：「到時我們全部人去參加頒獎禮，也讓人看看我們五小福多麼棒！」

當事人曉星在一旁高興得小尾巴一翹一翹的。他喜歡獲獎，但更高興有獎金，要知道五小福公司現在銀根緊缺啊！

二南突然喊道：「咦，怎麼會這樣？你們看，排最前的十本好書，除了曉星的那本的數字在慢慢上長，其他九本的票數全部都在不正常的瘋長！」

大家趕緊湊近去看，果然，那些票數以眼見的速度上升，眼看曉星的《大腳板童話》跌到第四位、第五位、第六位……

小福們都急了，恨不得伸手去拽住那不住變換的排位數字。眼看已經跌到第八位了，大家大眼瞪小眼，都慌了。

大東拉着戴無畏：「戴哥哥，怎會這樣？難道是網站作弊？」

戴無畏臉色很難看：「不！這是他們慣用的伎倆，在投票的最後一天，僱用大量水軍把自己人作品的票數拉高，讓其他參選書無法翻身。」

「太過分了！」三西咬牙切齒的。

「為什麼就不能評出真正的好書呢？」二南很洩氣。

一屋子的人絕望地看着那些還在變換的數字，曉星的《大腳板童話》已經跌到第九位了，而其他書的票數還在快速增加，不但是十大中另外九本，連排名十一的那本也以同樣速度追上來了。

曉星看得直扁嘴，不會吧，這樣下去，肯定連十大都保不住。

「啊，跌出第十位了！」這時四南驚叫起來。

第 16 章　菲菲公主的大管家

「砰！」三西一拳捶在桌子上，「我們去告他們！」

戴無畏搖搖頭：「去哪裏告？告誰？告主辦機構？還是告水軍？沒用的。有關出版界的事，只會交由出版總會仲裁，但插手操控投票的事就是由出版總會的四大理事搞出來的，他們能公平公正處理嗎？」

大東握握拳頭：「我們趕緊上網，再替小五拉票，看能不能發動一些還在觀望的，或者之前沒有投票意慾的人。」

二南三西四北嗷嗷叫着：「好好好，馬上做！」

曉星一抱拳：「謝謝哥哥們！」

大東摸摸他腦袋：「謝什麼？幫你也是幫我們自己。」

五小福伸出右手，五隻手一隻疊一隻，然後一齊喊了一聲「加油！」

小福們有一個共同的網名是「小福幫」，他們馬上進入了十大童書投票論壇。

戴無畏看看手錶，暗暗搖頭。快六點了，還有兩個鐘頭，還有可能改變什麼嗎？但他仍然為小福們的

132

堅持而感動。即使不成功，也是努力過了，不遺憾。

「《大腳板童話》告急！《大腳板童話》告急！！」

「喜歡《大腳板童話》的哥哥姐姐弟弟妹妹們，叔叔阿姨們，快來投一票！」

「大家快來支持《大腳板童話》，支持馬小星！」

這一號召還真有用呢，緊接着有人響應了。

「《大腳板童話》票數怎麼掉下去了？我之前投票見到是前三的呀！我回去叫哥哥投票！」

「《大腳板童話》票數怎麼比《扁豆妹妹》還低？不行，我投一票支持馬小星。」

「我回家叫媽媽投《大腳板童話》，她說沒空，要做飯，氣死人了！」

「樓上，我叫我爸投票，他說沒看過《大腳板童話》，他不能投不負責任的一票。」

「我回家找爺爺去！爺爺他只顧打太極……」

……

《大腳板童話》的票數雖然比之前上長得快了，但這增長速度遠比不上水軍，曉星進入十大的機會渺茫。

「不洩氣，不放棄！」小福們互相打氣。

戴無畏受了他們鼓舞，也打電話給他為數不多的親戚朋友，能拉一票是一票。

時間又過去了一個半小時，還有半小時就截止投票了，一到十名仍遙遙領先，看來出版總會大撒金錢僱水軍，一定要讓這十大童書獎項落入他們手中呢！

到了這時候，小福們明白再努力也沒用了。《大腳板童話》鐵定跟十大童書無緣了。

戴無畏不知怎麼安慰他們才好，屋子裏氣氛沉重。

戴無畏歎了口氣，走過去想把電腦關了，免得等會兒投票結果出來，小福們看了更不開心。

「咦！」戴無畏突然驚訝地喊了一聲。

小福們都看向他。

「你們快來看！」戴無畏説話口氣有點激動。

小福們「呼」地一下圍了過來。

只見論壇上有一條以「菲菲公主大管家」名字發的帖子：

「菲菲小公主最喜愛的書是《大腳板童話》。自從菲菲小公主看了《大腳板童話》之後，宮裏的貓兒狗兒都不再躲起來，魚缸裏的魚兒都健康成長，樹上的小鳥都放心地唱起歌，學校裏的老師入課室時不再穿雨衣……菲菲小公主很快要變成國民乖孩子了！」

小福們你瞧我一眼，我瞧你一眼，都還沒有意識到這帖子會有什麼後果……

　　「好帖子，好帖子，救星來了！」戴無畏高興得兩眼放光芒。

　　全國人民誰不知道這菲菲小公主是個刁蠻任性、淘氣搗蛋的絕世小魔女，如果《大腳板童話》能讓她變乖……

　　傻傻的小福們瞬間看到論壇彷彿被扔了一顆炸彈，炸出一大堆回應：

　　「哇，《大腳板童話》有神奇力量啊！據聞菲菲小公主每天都抓貓攆狗的，貓狗不躲起來，就是說菲菲小公主乖了。」

　　「我也聽說菲菲小公主每天餵金魚十幾次食物，把金魚都撐死了。金魚能健康，說明菲菲小公主懂事了。」

　　「嗯，菲菲小公主喜歡用小石頭扔小鳥。現在小鳥放心地唱歌，說明菲菲小公主不再淘氣了；菲菲小公主以前總是在老師進來的門上放一盆水，哇，菲菲小公主開始尊師重道了……」

　　「《大腳板童話》能讓菲菲小公主變乖，那自己家裏有一點點淘氣有一點點任性的傲嬌小寶貝還用說嗎？好書啊！絕世好書啊！」

公主的故事日

「作為家有調皮孫子的爺爺，我肯定要支持。我投一票！」

「支持《大腳板童話》！」

於是所有原先沒興趣投票的爺爺奶奶爸爸媽媽全都動起來了。噢，說錯了，不止是爺爺奶奶爸爸媽媽，小朋友也動起來了，因為很多小孩都希望被冠上「國民乖孩子」的稱號。

有五個字絕對是此刻網絡上的關鍵詞，那就是「《大腳板童話》」！

被興奮充滿頭腦的小福們激動了，三西急忙打開投票網頁。

「哇！」大家一齊喊出了一個字。

太驚人了！只見《大腳板童話》的票數像宇宙飛船升空一樣，「嗖嗖嗖」地直往上躥，真不知道同時有多少人在投票。

《大腳板童話》回到第十位，又回到第九位，再回到第八位，之後，在不到半小時裏，一路上升，進入前三名。

「加油！加油！加油！……」

小福們看着投票截止的倒計數字，緊張得大氣不敢喘，最後，在八點的鐘聲響起時，「嘟」一聲，票數顯示停止，《大腳板童話》排名第一，比排名第二

的《小紅花朵朵開》多了兩票。

「耶！」

小福們高興得把曉星拋了起來。

忽然，「鈴——」有電話！一定是什麼人來祝賀了。

大家放下曉星，三西跑去接電話。

電話對方的聲音很大，整個屋子裏的人聽到了。

「叫男僕來聽電話！立即，馬上，趕緊！」

「男僕？這裏不是僱工介紹所呀！」三西莫名其妙的。

「你是哪個蠢傢伙？男僕是誰都不知道！」

「把電話給我！」曉星早知道是誰打來了，他氣呼呼地走過去，接過三西手裏的電話，「住嘴！刁蠻公主，不是叫你別再叫男僕了嗎？！」

「不叫就不叫嘛！喂，我又幫了你一個大忙了，謝我呀，謝我呀！」

曉星想想自己入了十大童書第一名，也真是因為這刁蠻小公主的出手幫忙，即使不情願也只得說了聲：「謝啦！」

「好，收到！那以後就多講點故事給我聽，用來報答我。星期六我就來找你。拜拜，死男僕！嘻嘻！」菲菲小公主說完就掛了電話。

「死刁蠻公主！」曉星嘟噥了一句。

真是個讓人恨也恨不起來、愛也愛不甘心的臭小孩！

三西撓撓腦袋，說：「這菲菲小公主除了嘴巴不好，人好像也不壞。」

「嗯。」二南點了點頭，「不管怎樣，她是幫了我們大忙。」

四北也點頭說：「是呀是呀。小五，對人家好點。」

曉星心裏的氣嗞嗞地往外冒，一幫沒義氣的傢伙，叫她喊你們「死男僕」試試看！

兩天後是十大童書頒獎典禮，五小福公司的人除了戴無畏要跟客戶洽談，其他全部出席了哦！大家意氣風發地陪着曉星，有個當作家的兄弟感覺就是好，而且還是一個得了第一名來領獎的兄弟！

那個金色的冠軍獎杯大家都輪流捧過了，好光榮啊！那五萬元獎金本來大家一致認為應該讓曉星自己留着的，但曉星還是把錢作公用了。過幾天就是跟經銷商結算《劫機疑雲》書款的日子，誰知道收回的書款能不能達到預期結果，能不能還上孤兒院的那筆欠款。所以，曉星拒絕了大家的好意，把錢存進了公司的帳戶裏。

第 17 章　寫作大挑戰

這世界上的事情總是有人歡喜有人愁的。在小福們為曉星高興時，也有一班人在咬牙切齒。他們是誰呀？猜猜看！猜對了，正是出版總會代表四大貴族的四名理事。

本來嘛，一次操作得好的書獎活動，既讓自己家族培養的作家露了臉得了獎拿了獎金，作品更暢銷，那是只有好處沒有壞處的好事，四大貴族每年都是受惠者啊！

而且今年，他們還同仇敵愾地想給那打不死的五小福公司，那個不知從哪裏冒出來的、名叫馬小星的作家來個教訓，誰讓他每本書都那麼暢銷，簡直是給四大出版公司、給貴族出身的作家們打臉啊！

一定要壓死他，讓他入不了十大！

可沒想到，計劃快要成功的時候，出了那條「公主大管家」的帖子，讓《大腳板童話》猛地火了一把，竟在最後關頭升到第一位。

其實也就那幫賤民才會相信那所謂「大管家」的鬼話，事實上那刁蠻小公主現在還不照樣在宮裏爬樹趕鳥、抓貓攆狗的。

139

　　他們去查了這大管家的底細，看是不是小五福公司安插在皇宮裏的「間諜」，可惜查來查去都查不到這人是男是女是老是少。

　　於是，他們又為了對付馬小星，專門召開了一次會議，會議的主題就是商量「如何打倒馬小星再踏上千萬隻腳讓他永世不得翻身再被人吐口水」。得罪了四大貴族的人，是絕對沒有好下場的。

　　會議長達八個小時，一個「倒馬」計劃終於出籠了。

　　可憐的曉星，還不知自己快要被人擱在爐子上烤、放在砧板上剁呢！

　　星期天，因為休息，所以五小福全都在家，連戴無畏也沒有出去。難得有空，所以大家決定一起包餃子吃。

　　麵和好了，餡也弄好了，大家圍着桌子，熱熱鬧鬧的，比着誰的餃子包得好看，誰包得慘不忍睹。

　　大東拿來曉星的電腦，想用裏面的相機拍張照片留念，剛開啟便彈了一條即時新聞出來，他不禁「啊」了一聲。

　　「看見什麼了？」三西見到大東這樣子，很奇怪，忙伸頭去看電腦屏幕。

　　正在包餃子的另外幾個人也湊了過去。只見屏幕

上有條新聞，那大大的標題寫着——「十大童書有黑幕，文壇九子齊抗議」。

「咦，難道水軍的事被揭發出來了？」二南說。

戴無畏卻沒有這麼想，傳媒新聞大多被四大貴族操控，他們是絕不會讓不利於自己的新聞出台的。

果然！

當大家把新聞內容細讀，都憤怒極了。原來這篇新聞報道是說，入選十大童書中其餘九個人，都對排名第一的作家及作品提出了嚴重抗議，說是馬小星在投票截止的前半小時，用虛報身分發放帖子，令廣大市民上當受騙。經查實，菲菲小公主的宮裏根本沒有大管家這個人存在，完全是馬小星自編自導的一場騙劇。

還有，這馬小星根本是個騙子，據知情者透露，他的《大腳板童話》根本不是他寫的，是抄襲別人的。

「肯定是四大貴族搞的鬼！」戴無畏氣憤地說。

曉星呆了，他好想哭。長這麼大，還沒受過這樣的打擊呢！怎可以說大管家是他捏造出來的呢？怎可以說《大腳板童話》不是他寫的呢？冤枉啊！

四大貴族恃勢欺人，太可惡了！天下事難不倒的小嵐姐姐，快來救我呀！曉星心裏吶喊着。

公主的故事日

「太過分了!」三西一拍桌子,「小五不是這樣的人!」

「小五,我支持你!」

「對,我們都支持你!」

「哇!」曉星這回是真哭了,「謝謝哥哥們!」

他一頭扎進大東溫暖的懷抱裏,把眼淚鼻涕糊了人家一身。

「好啦,不哭不哭!」不愧是小福幫的大哥,大東不顧自己衣服被弄髒,拿來紙巾給曉星擦臉,好不容易才把那張小臉擦乾淨了。

戴無畏說:「這幫人賊喊捉賊。不過,真金不怕烈火燒,小五,我們不怕,我們要把他們的詭計一一擊破。」

「嗯!」小福們都堅定地點點頭。

大東說:「戴哥哥說得對,真金不怕烈火燒。我想,菲菲小公主很快會出來說話的,只要菲菲小公主出面,說我們自編自導的事就會不攻自破。」

二南問道:「那我們現在可以做些什麼?」

戴無畏說:「我們是《大腳板童話》的出版公司,我們可以用公司名義發聲明,支持作者。另外我們還可以在論壇上發帖子,支持小五。」

「對,發帖子支持小五!」大家都磨拳擦掌的。

論壇上已有很多所謂十大童書內幕的帖子。有些是惡意的,對馬小星大肆攻擊;有些是氣憤的,應是信了新聞所指以為自己上當受騙的那類人;還有一些是質疑新聞真實性的,要求傳媒拿出真憑實據……

小福們不管三七二十一,上去就是連串對馬小星的支持,但可惜,在那一大片顯然是受僱水軍的惡意攻擊下,顯得無比疲弱,很快被淹沒了。

大家唯有寄望於菲菲小公主出手,但是,半天過去了,一天過去了,菲菲小公主竟像人間蒸發一樣,根本沒有露面。

到了傍晚,傳媒又發出一條新聞:內容摘要是,十大童書的第二和第三名兩位作家,邀請第一名的馬小星一決高下,進行一小時的即場命題寫作,如果馬小星的作品不如他們兩人的話,他的第一名就得取消作廢。現場寫作由出版總會主辦,於星期天在國家電視台舉行並即時播出,由全國人民作監督。

新聞一發出,論壇上又炸了,有些人幸災樂禍,有些人深表同情,有些人認為這回馬小星一定出醜,但更多人覺得這是馬小星為自己討回公道的好辦法。

「小五,你怎麼看?」五小福公司裏,大家都擔心地看着曉星。

「我去!去參加現場寫作。」曉星毫不猶豫地

公主的故事日

説。

　除了應戰，曉星已經沒有其他選擇。雖然以曉星的寫作水平，在地球只能算中等偏上，但在天宙國可能已算很不錯了。而且曉星也看過十大童書的另外九本，他還是有信心自己能勝過他們。

　戴無畏欣慰地點點頭，他一直擔心這小朋友因為膽怯不敢去。說到底，他還只是一個少年人。現場寫作，全國那麼多觀眾眼睜睜看着，對任何人來說，都是一種巨大的壓力啊！他拍拍曉星的肩膀說：「好孩子，真勇敢！星期天我陪你一起去電視台。」

第 18 章　四大貴族的陰謀詭計

　　星期天一大早，曉星和戴無畏就出門去電視台了，哥哥們和他一一擁抱告別並打氣。本來他們也很想到現場給小五打氣的，但現場觀眾網上報名熱烈，他們連一張票也搶不到。

　　曉星是未成年人，由戴無畏作陪進場，相信電視台也沒理由阻攔吧！

　　兩人坐上巴士，半小時後在電視台附近的車站下了車，看着不遠處電視台那幢大廈，戴無畏問：「小五，緊張不？」

　　曉星不是膽子小的人，何況這幾年跟着小嵐姐姐走南闖北、上天入地的，什麼事情沒見過？他昂首挺胸，說：「不緊張！」

　　「真棒！」戴無畏朝他豎起大拇指。

　　於是兩人徑直向電視台大門走去。

　　突然，戴無畏發現大門口有幾十名手拿照相機或話筒的人，好像在等待着什麼。不用問，那是各大傳媒的記者。揭發評獎黑幕、現場寫作決高下這樣的大新聞，他們怎會放過。他們是在門口「守株待兔」，追訪三位事件的主角呢！

戴無畏不希望記者們提一些太尖銳的問題，影響曉星情緒，他拍拍曉星肩膀，說：「我們不從大門口進，免得那些記者像蜜蜂似地圍上來。我知道有一道小門，是給裝修工出入的，咱們可以神不知鬼不覺地直接進到直播現場寫作的七號攝影廠。好不好！」

「嗯嗯嗯！」早前的負面新聞，讓曉星十分討厭那些傳媒，他也不想面對這些記者。

兩人從小門進去，一路暢通無阻，路上碰到一些來去匆匆的工作人員，也沒有人管他們。彎彎繞繞地走了一會兒，戴無畏指着前面說：「到了。」

曉星眨眨眼睛：「戴哥哥，你對電視台好熟悉啊！」

戴無畏搖搖頭：「一點點吧！我家出版公司沒倒閉時，因為做廣告的事來過幾次。」

七廠門口站着一名工作人員，攔住了戴無畏和曉星：「你們是⋯⋯」

戴無畏把邀請函遞過去，又拍拍曉星的肩膀說：「這位是馬小星。」

「哦，怎麼是個小孩？」工作人員好像有點訝異，他又客氣地朝曉星說，「要開始了，快進去吧！」

戴無畏剛要陪曉星進去，工作人員把他攔住了：

「對不起，因為今天來的記者太多了，除了參與錄影的人員，以及有入場券的觀眾，其他人都不能進。」

「戴哥哥。」曉星拉了拉戴無畏的衣袖，有點不開心。

戴無畏對工作人員說：「他還小呢，我陪陪他行嗎？」

「對不起，上頭下的命令，我也不能違反。」那工作人員還是挺好的，安慰戴無畏說，「你放心，我會帶他進去，把他安排得好好的。」

戴無畏沒辦法，只好對曉星說：「小五，我在外面等你。千萬沉住氣，發揮你平日水平就好。小五，記住你不是一個人，我和小福們都支持你，等着你勝利的消息。」

曉星咬咬嘴唇，用力地「嗯」了一聲。

看着曉星消失在走道拐彎處，戴無畏轉身離開，正想在附近找個地方坐下等，卻聽到有人喊了一聲：「戴無畏？」

戴無畏一轉身，見到一個跟他年紀相仿的年輕人在朝他笑。

「老同學，真是你呀！我看後背挺像的，還怕認錯了呢！」年輕人熱情地走過來，跟戴無畏握手，

「王一明！」戴無畏也認出是自己的大學同學，

十分高興，「你不是去歐洲遊學嗎？」

「是呀，上星期剛回國，還沒時間跟老同學聯絡呢！對了，這幾年你怎樣了？」

戴無畏聳聳肩：「一言難盡！找時間咱們好好聊聊。」

王一明笑着說：「好啊！電視台做導演的表哥讓我來做他的臨時助手，今天第一天上班。你來這裏是……」

戴無畏指指錄影棚，說：「陪個小朋友去七廠，做現場直播。」

「我剛從七廠那邊過來呢！那邊很熱鬧。」王一明忽然意識到什麼，小聲問，「咦，你是說那場現場寫作？你陪的是……」

「十大童書第一名，馬小星。」戴無畏說。

「馬小星？！」王一明神情怪怪的，想說什麼，但又忍住了。

戴無畏見他神情古怪，便說：「喂，幹嗎吞吞吐吐的？咱們在大學時算是好哥們啊！」

王一明把戴無畏拉到一邊，小聲說：「今天的現場寫作，不是說是現場命題的嗎？但剛才表哥私下跟我透露，他無意中聽到一個秘密，出版總會早把今天的寫作命題告訴了另外那兩個作家，那兩個作家其實

已做好了準備。他們根本不是現場寫作，只是在現場把已寫好的作品默寫出來。」

「啊！」戴無畏又驚又怒，「四大貴族太欺負人了！我去揭發他們！」

王一明一把拉住他，無奈地說：「兄弟，沒用的，你有證據嗎？如果他們不承認，你又能怎樣？」

他又指指前面那道關得緊緊的大門，又說：「何況錄影棚已關閉了，直播開始了，誰也進不去。」

戴無畏十分無奈。跟王一明分手後，他着急地在門口走來走去，有如熱鍋上的螞蟻。

第 19 章　天上落下顆小星星

　　先不說戴無畏在七號錄影廠門口乾着急，再講曉星，他跟着工作人員進了錄影棚，上了舞台。

　　這時主持人已經站在舞台上，拿着稿子作最後的背讀。舞台中間擺放着給作家寫作的三張桌子，一左一右兩張已分別坐了人，右手邊是一個三十來歲的男人，他神情高傲，好像藐視一切的樣子；而左手邊的那個是個二十五六歲的年輕女子，她翹起二郎腿，正在旁若無人地用指甲鉗磨着塗成粉紅色的指甲。

　　桌子靠後一點的地方坐了四個五十來歲的男人。工作人員領着曉星進來時，便小聲地給他作了介紹：「後面坐着的是出版總會的四名常務理事——大理事二理事三理事四理事，坐在前面的兩人就是十大童書第二及第三名作家，男的叫范統，女的叫蔡美。」

　　這時四大理事其中一個生着倒八字眉的皺着眉頭叫道：「那馬小星來了沒有，該不是臨陣退縮了吧？」

　　帶曉星進來的那名工作人員聽到，馬上應道：「大理事，馬小星到了。」

　　「哪裏？在哪裏？」那四名理事都眼巴巴往那工

150

作人員身後看。但他們都直接把曉星忽略了，以為是什麼人帶來看熱鬧的小孩。

　　工作人員把曉星往前面一讓，說：「這位就是馬小星！」

　　「你就是馬小星？搶了第一名的馬小星？」四名理事異口同聲地喊了起來。

　　真沒想到，幾個月來作品銷量一路高奏凱歌，又把他們視為囊中物的冠軍獎杯奪走的人，竟然是這麼一個小屁孩。

　　簡直是直接打臉啊！

　　曉星見到那四名常務理事，本就氣不打一處來。就是這些人把持出版總會，控制全國的出版業，拚命打壓其他出版公司；就是這些人對五小福公司的大好形勢羨慕妒忌恨，三番四次打擊；就是這些人控制十大童書評獎，耍手段欺騙讀者，僱用水軍影響公平競爭；還是這幾個人，在控獎失敗之後對曉星造謠抹黑，大肆污衊。簡直壞事做盡！

　　「是呀，我就是馬小星！」馬小星挺了挺胸，大聲說。

　　之前那一點小膽怯早已煙消雲散，剩下的只有怒氣和不平。

　　「嘖嘖，看這小鬼，一點不懂得敬老。」

151

「囂張小兒！」

「死不悔改！」

「叉出去！」

那四名理事見慣了別人在他們面前低眉順眼、打恭作揖，哪見過這樣倔強的，不禁惱羞成怒，一個個指着曉星破口大罵。

曉星還沒説什麼，台下一些現場觀眾就瞧不過眼了，忍不住議論起來：

「是你們不尊重馬小星在先的！」

「是呀，自己不尊重人，哪能要人也尊重你！」

「支持馬小星！」

攝影棚並不大，所以人們的議論都聽得很清楚。四大理事很生氣，反了反了，竟敢對四大貴族不敬。正想發火，主持人大聲説：「錄影時間到了，大家請坐好，蕭靜。」

四大理事只好氣鼓鼓地坐下，彼此又交換了一下陰沉沉的目光，然後一齊對着曉星冷笑，哼哼，看你這臭小子還能神氣多久。

那位好心的工作人員把曉星帶到中間那張桌子，替他打開電腦，又拍拍他肩膀説：「等會兒由大理事宣布命題，寫一篇兩千字的童話，時間只有半小時，你得加油啊！」

半小時？寫兩千字童話？曉星愣了愣，這不是有意為難嗎？半小時，還要構思，還要寫，怎麼來得及？即使照着打字也是時間僅僅夠吧？

　　他看看一左一右兩個作家，右手邊的范統仍然在藐視一切，左手邊的蔡美繼續旁若無人地磨指甲。

　　他們好像一點也不緊張啊！

　　爭口氣，不能輸給他們。曉星知道，戴哥哥在外面等着自己成功的消息，四小福哥哥在家中看着自己過關斬將，不能讓他們失望！

　　半小時就半小時，豁出去了！我可是聰明伶俐、天資聰敏、足智多謀、秀外慧中、穎悟絕倫的曉星啊！我一定行的。

　　曉星信心滿滿的。他擺弄了一下電腦，再讓自己坐得舒服點。

　　這時攝影大叔朝主持人打了個手勢，示意節目開始錄影了。女主持人儀態萬千地走到台中央，宣布開始。她說了這次現場寫作的原因，接着又宣布了這次現場寫作的做法，三位作家各自用半小時寫作一篇兩千字的童話故事，然後由全國五大省的作家協會會長作評判，現場評出冠軍作品。

　　女主持人又請出版總會大理事，宣布這次現場對決的寫作題目。

　　大理事拿着麥克風站到三個作家面前，先「吭吭」兩聲清了清嗓子，然後不懷好意地看了看曉星，心想臭小子，這次你死定了！

　　他又朝范統、蔡美打了個眼色，意思是讓他們放心，把預先寫好背熟的作品默出來便是了，半小時時間足夠。

　　「現場寫作的題目是《天上落下顆小星星》。」

　　話音一落，范統和蔡美就像被開啟了的一台機器，雙手「劈劈啪啪」就打起字來，反應之快讓曉星不由得發起愣來。這兩個傢伙真的那麼厲害？竟然想也不用想，任是怎樣天才也總得略作思考吧？

　　有古怪！

　　別欺負我們曉星年紀小，人家可是個聰明孩子啊！曉星又想起了大理事朝范統、蔡美打眼色的事。如此種種跡象湊在一起，已得出一個答案，分明是一場陰謀，一場不公平的比賽！看那兩人的模樣，分明是早已做好充分準備，他們不是在寫故事，而是在默故事啊！

　　想明白這一點後，曉星好憤怒啊！這不是挖好了坑讓自己跳進去嗎？名義上是公平競爭，由全國電視觀眾共同監督，由來自不同省分的五位作家做評判，但如果另兩個參賽作家預先知道寫作題目呢？

要知道時間也是很重要的，從構思到寫作、修改，幾易其稿，才能成為好作品。半小時寫一篇，即使是天才，也難免有考慮不周、修改不及。現場構思寫作，跟已寫好改好只是默出來，那效果是天地之差啊！

太可惡了！太太可惡了！！

曉星氣憤得幾乎要拍案而起，但他強迫自己冷靜、冷靜、冷靜。

你有張良計，我有過牆梯！早兩天自己不是寫了一篇月亮幫助人間小孩的故事嗎？本來準備用在童話專欄的，那我就把它改改，改成小星星幫助小孩好了。

曉星看了看時間，只剩下二十五分鐘了。自己每分鐘能打一百多個字，連修改連打字，時間應夠。

馬上開動！

於是，劈里啪啦劈里啪啦……

台下的好多觀眾都同情曉星，之前見到曉星發愣，還在替他擔心呢！這時見他奮起，都放了點心。

劈里啪啦劈里啪啦……

整個錄影廠裏人們大氣都不敢出，所有眼睛都盯着台上三塊熒光幕，那裏是三名作家即時寫出的故事。

　　范統和蔡美是一路不停地碼字的，根本連停頓思考都沒有，曉星卻是碼一會兒就稍作停頓，像是考慮故事情節的安排。雖然這樣，曉星的速度並不比他們慢，因為曉星碼字比其他兩個人快多了。

　　很快，人們就顧不上那兩名作家的情況，他們目光全被曉星那不斷出現在屏幕上的故事吸引去了。

　　很多人都選擇看曉星的。只見那「嘀嘀嘀」飛快出現的宋體字述說了一個感人的故事……

　　天上有一顆亮晶晶的小星星，她常常好奇地眨着眼睛，看着地面上的人間悲歡。

　　地上有個動物國，動物國裏有一個兔子家庭，兔子家庭裏有兔媽媽，還有兔媽媽的兒子小兔兔。一天晚上，兔媽媽突然得了急病，躺在牀上昏迷不醒。小星星看着在兔媽媽身邊抹眼淚的小兔兔，心裏好沉重。兔媽媽身邊只有幼小的小兔兔，他敢穿過黑咕隆咚的森林，去給媽媽請醫生嗎？

　　可正在這時，小星星看見小兔兔鼓起勇氣出門了。

　　儘管森林裏狼在叫、虎在吼，小兔兔還是一步一步地往前走。可是，這天天氣不好，沒有月亮，森林的路太黑，小兔兔走着走着迷路了，他急得哭了起

來……

現場現眾看得太投入了，他們很為兔媽媽的病着急，看到小兔兔哭，他們都很難受，特別是一些小朋友，都忍不住喊了起來：

「小兔兔，別哭！」

「小兔兔要堅強！」

「小兔兔，媽媽等着你找人來救哪！」

「小兔兔，加油！」

弄得主持人只好站起來，説：「大家靜靜，靜靜。」

可是主持人一邊説話，眼睛也一邊死死盯着曉星那塊屏幕，好想知道小兔兔有沒有找到路。

曉星繼續打字：「這時候，小星星決定幫助小兔兔。她『嗖』的一聲落到了地面，用自己的光芒照亮了森林……」

現場一片呼氣聲，大家都為小兔兔鬆了口氣。

曉星故事的結尾是小兔找到路了，請到了熊醫生，後來，兔媽媽病也好了。小兔兔和媽媽幸福地生活下去。

哇，太好了！現場的小孩子都情不自禁鼓起掌來。主持人姐姐説要肅靜，但沒説不能鼓掌啊！再

説，作家小哥哥的故事也太好看了嘛！看，主持人姐姐也只是笑着看他們呢，也沒有生氣。後面那四個伯伯怎麼啦？一臉陰沉沉很不高興的樣子。難道他們不喜歡小兔兔幸福，不喜歡作家小哥哥寫出這麼有趣的故事嗎？嗯，這四個伯伯肯定不是好人。

四名理事就這樣被小朋友發了「壞人牌」。小朋友的眼光是雪亮的哦！

這時，范統和蔡美的故事也寫完了，而比賽結束的鈴聲也響了起來。

三名作家都在規定時間裏完成了作品，所以下面的程序就是評定作品名次了。

現場的人之前都在關注曉星的故事，這時都在補看范統和蔡美的。而跟五大評委的聯線也開始了，因為他們都遠在外省呢！

四名理事的臉越來越黑了。他們都沒想到曉星能在半小時裏完成作品，加上現場觀眾對曉星寫的故事反應熱烈，這令他們一點都不樂觀。之前也太篤定了啊，以為預先作了準備的那兩個作家必勝，曉星倉促寫出來的作品肯定好不了，所以他們為了給外人公平的感覺，也沒有特別選自己人做評委。失策啊，真是失策啊！

可是，世界上是沒有後悔藥可吃的。

　　第一名評委在屏幕出現了，他認為曉星的作品應該得第一名；第二評委在屏幕出現了，他也認為曉星的作品應該得第一名；第三名評委在屏幕出現了，他還是認為曉星的作品應該得第一名……

　　眼看大局將定，四名理事那個氣惱啊，心裏都在詛咒那些評委怎不當場中風失語……

　　可是，不管他們後悔也好，氣惱也好，都改變不了什麼了，五名評委一致把票投給了曉星。主持人宣布，現場寫作比賽冠軍是馬小星，十大童書評選結果維持原狀，馬小星為第一名。

　　嘩啦啦，現場掌聲如雷。四大理事和范統、蔡美狼狠收場。

　　嘩啦啦，還是掌聲，不過場景已換為五小福公司了。曉星受到了英雄凱旋式的歡迎，一陣掌聲過後，又被三西四北拿着碎花紙撒了一頭一身。

　　「小五，了不起，沒給哥哥們丟臉！」大東使勁一拍曉星肩膀。

　　「那還用説，我可是玉樹臨風英俊瀟灑才高八斗聰明伶俐的小五啊！」曉星得意忘形。

第 20 章　孤兒院小朋友被劫持

　　曉星現場寫作的表現讓他坐穩十大童書第一位的寶座，他已出版的幾本書更加暢銷，連他的童話專欄也越來越多讀者捧場了。

　　據經銷商返饋回來的訊息，《劫機疑雲》賣得很好，他們拿的貨已賣得七七八八了。經銷商們樂得跟五小福公司保持良好關係，於是都很爽快地把書款送來了。

　　小福們把收到的貨款合計，差不多夠還孤兒院的債了。

　　明天就是還債的最後一天，算算還差一萬多塊錢，所以大東二南三西四北一早就分兩批出去，向幾個未交書款的小書局收帳。

　　曉星因為答應了孤兒院小朋友去給他們講故事，接着也出去了，家裏只留下戴無畏在。

　　「男僕，出來！」

　　門外響起叫喊聲，不用問就知道誰來了。

　　「這刁蠻小公主終於冒頭了。」戴無畏一邊嘀咕着，一邊出去開門。

　　「死男僕！」一開門菲菲小公主就往裏衝。

「小五不在。」戴無畏堵住門口。

「去哪兒了？」菲菲小公主有點失望，忙問。

「孤兒院。」戴無畏說。

菲菲小公主聽完，二話不說扭頭就走了。

戴無畏搖搖頭。急急忙忙找小五，應該又是纏着講故事吧！

那菲菲小公主走到街上，抬手截了部計程車，叫去孤兒院。

這次戴無畏可是想錯了，她這次並不是來找曉星麻煩，而是向曉星道歉的。

原來她早前去了國外探望外婆，昨晚才回來，一回來就聽到現場寫作的事。一打聽，原來這段時間竟然發生了這麼多事，曉星被人抹黑，被人挑戰。

那個「大管家」的確是假的，但造假的正主是她啊！當時是為了幫曉星，沒想到卻給曉星惹禍了。還因這件事，被引伸到質疑曉星的寫作能力。

幸好曉星在現場寫作中贏了，以實際行動，打破了那些別有用心的人的陰謀詭計。

不過，不管怎樣，菲菲小公主都想親自給曉星解釋一下，她不想讓曉星誤會。

她剛從外國回來，國王今天本來不讓她出宮的，但她急着找曉星解釋，偷偷爬牆跑出來了，所以身邊

並沒有皇家衞隊暗中保護。

半小時以後，計程車停在孤兒院門口。菲菲小公主下了車，發現這孤兒院並不大，只是一幢牆灰有點剝落的小平房，此刻靜悄悄的，門口也不見有人。

「男僕快出來！我來了，快出來迎接！」菲菲小公主叉着腰，站在大門口喊着。

喊了十幾聲，別説不見曉星出來，連個人影兒也不見。菲菲小公主好納悶，心想別是死男僕不高興，故意躲着她，也不讓孤兒院的人理她吧！

「死男僕，再不出來，我踹門了！」菲菲小公主説完又等了幾秒鐘，見是沒人應，她生氣了，伸出穿着小皮靴的腳，朝孤兒院大門一踢……

咦，她沒想到自己還挺有勁的呢，一腳就把門踢開了。其實那扇門根本沒有關。

踏入孤兒院，只見迎面是大堂，大堂靠裏是一個接待櫃台，但櫃台裏沒有站人。再看看右邊有條走廊，沿着走廊是一個個房間。

菲菲小公主朝走廊走去，前面四個房間都開着門，看看裏面擺設應是課室，但裏面全都沒有人。走到最後是一間寫着「活動室」三字的房間門口，門是關着的，菲菲小公主不耐煩地又是一腳，門「嘭」的一聲被踢開了。

　　啊，裏面有人呢！只見大約一千呎的活動室裏面，地上坐了大約五十多個孩子，他們看上去很害怕，有的縮作一團，有的幾個人抱在一起，在嗖嗖發抖。

　　菲菲小公主沒留意到孩子們的神情，得意地笑道：「哈哈，死男僕，果然是把人藏起來，跟我玩躲貓貓。」

　　她說完，抬腳就要進去。

　　「姐姐別進來！快走！」一個小女孩突然大聲喊起來。

　　「走？我才不走呢！」菲菲小公主哼了一聲，蹬蹬蹬走進了活動室。

　　沒想到，她剛一進去，身後的門便「砰」一聲被關上了，有把男聲喊道：「別動！」

　　菲菲小公主嚇了一大跳，轉身一看，只見兩名手拿鐵棒的人站在她身後。這兩人一個是十七八歲的少年人，一個是四五十歲的大叔，相貌有點像，似是兩父子。這時中年大叔正用一根鐵棒指着她，喊道：「不想死就乖乖坐下！」

　　「你們是誰?!」菲菲小公主從沒受過這樣的威嚇，她可生氣了，靴子一跺，嚷道，「賤民狗膽包天，敢恐嚇本公主！趕快跪下叩頭認罪，求本公主饒

過你們！」

「你説什麼？賤民？你住嘴！」少年人頓時滿臉通紅，氣呼呼地看着菲菲小公主。

中年大叔上下打量着菲菲小公主，一臉的不相信：「哼哼，阿貓阿狗都來冒充公主。你騙誰！公主出門，肯定前呼後擁，一大幫衛士跟着。」

菲菲小公主急了：「我真是公主呢！我是爬牆出宮的，所以沒有衛士跟着。」

「別騙人了！你要真是公主就好了，我手上的籌碼就多了重了，可惜不是呢！」中年大叔像拎小貓一樣拎着菲菲小公主的領子，把她拎到小朋友堆裏，「給我閉上嘴，乖乖呆着。你別煩我，我可是很兇惡的。」

165

「就不閉就不閉。」菲菲小公主怒氣沖沖地掙扎着。

「看我打你！」中年大叔舉起鐵棒。

「不要打姐姐……」一個大眼睛女孩子哭着抱住菲菲小公主。

另一個女孩子也哭了：「不要打姐姐……」

像會傳染一樣，孩子們一個接一個都哭了起來：「不要打姐姐……」

「好了好了，別哭了。不打就不打，煩死了！」

中年大叔不耐煩地喊道。

中年大叔做出一副很兇的樣子，小朋友嚇得不敢再哭了。

菲菲小公主嘟着嘴坐着，她覺得鬱悶死了，堂堂公主，竟然被人說是騙子。但這時肚子卻不爭氣地咕咕作響，她才想起自己為了早點出宮，連早餐都沒吃。

好餓！早知道吃了早餐才出來。

有誰捅捅她的腰。回頭一看，剛才保護她的那個大眼睛小女孩拿着一顆糖果，塞到她手裏：「姐姐肚子裏的飢餓青蛙在咕咕叫呢，給你糖。」

167

「謝謝小妹妹。」菲菲小公主也不客氣，拆了包裝紙，就把糖放進嘴裏，咯咯咯地咬碎吃了。肚子好像沒那麼餓了，菲菲小公主動起了心思，想着怎樣才能救出小朋友。小朋友對自己那麼好，自己得救他們。

有五十多個小朋友，即使力氣小，就不信打不過那兩個人。螞蟻還能啃大象呢！

可是，兩個綁匪都拿着鐵棒，萬一傷着了小朋友怎麼辦？

「你們孤兒院的大人呢？」她悄悄問大眼睛小女孩。

「今天是大班的郊遊日，杜老師和文阿姨李叔叔，帶着大班的哥哥姐姐出去玩了，院裏只有院長婆婆在。院長婆婆很勇敢，見到壞叔叔壞哥哥就馬上打電話報警，後來被壞叔叔和壞哥哥綁手綁腳，關在小黑屋了。」大眼睛小女孩扁扁嘴説。

唉，菲菲小公主不由得歎了口氣，可憐的小朋友，可憐的院長婆婆。怎麼辦呢？如果自己是大人就好了，就可以打敗那兩個綁匪，救出小朋友了。

正在這時，她聽到外面傳來一陣隆隆的汽車聲，像是很多部車在往這裏駛來。啊，救兵來了！

中年大叔小聲吩咐了少年人什麼，少年人跑出去，把之前被菲菲小公主踢開的大門關上了。之後他又跑回活動室，緊張地聽着外面的動靜。

這時外面傳來被喇叭放大了的喊話聲音：「裏面的人聽着，你們被包圍了，趕快放下武器，釋放人質，主動認罪，我們會從寬處理。」

「我⋯⋯」中年大叔剛要開口，又發覺自己這樣説話外面根本聽不到，於是叫少年人，「我們去接待大堂，跟他們談條件。」

少年人看看小朋友們，説：「那他們⋯⋯」

中年大叔説：「不能留在這裏，把他們都趕到接待大堂去。」

於是，可憐的小人質們又被趕小鴨子一樣，趕出了活動室，趕到了接待大堂。

這時外面仍在喊話：「裏面的人，你們放下武器，頑抗到底只有死路一條。快些放人吧！」

「要我們放人，就要答應我們的條件。」中年大叔朝外面喊道。

「什麼條件？儘管說。」

「四大貴族不能再打壓小企業，小企業要受到法律保護。還有，早兩天無理地沒收了我們永強紡織廠的營業許可證，要求馬上發還，工廠要復工，員工要生存。」中年人喊道。

169

「沒問題，我們馬上跟有關方面匯報，儘快答覆你。但首先你要放了人質。」

「不行！我要你們答應後才放人。」中年人憤憤地說。

「這事我們要請示上級部門，走程序要一段時間，你能不能先放了人質，我們萬事有商量。」

「我才不相信你們呢！哼，我把人質一放，你們就衝進來抓人，我早就看透你們了。」中年人堅決地回答。

警隊跟綁匪在僵持着。

公主的故事日

第 21 章　綁匪也無奈

　　曉星今天一早從公司出來，準備去孤兒院給小朋友講故事，但走到半路時，想起小朋友畫畫用的彩色筆快用完了，於是先去了文具店，買了十盒彩色筆。

　　但當他走到孤兒院時，卻大吃一驚。因為他發現門口停滿了警車，大批警員荷彈實槍，槍口全對準孤兒院大門口。

　　曉星急忙走近一名擔任警戒的警員，問道：「叔叔，孤兒院發生什麼事了？」

　　警員拉着繩子，防止圍觀者靠近，他看了曉星一眼，說：「綁匪把孤兒院裏的人綁架了。」

　　「啊！」曉星小心肝砰砰直跳，「綁匪是什麼人？」

　　「一家工廠的老闆。說是他們的營業許可證被沒收了，工廠面臨破產，要求發還許可證。」

　　哦，這綁匪也夠慘的。不過自己慘也不能綁架小朋友呀！孤兒院的弟弟妹妹們一定嚇壞了！不行，得把他們救出來！

　　曉星突然一彎腰，鑽進了繩子圍着的警戒圈，警戒警員大吃一驚：「喂，你回來！隊長，截住他！」

警戒圈裏一個很高大的人聽到喊聲，跑了過來，一把拉住曉星：「小孩，不許進來！」

　　曉星說：「我今天是來給孤兒院小朋友講故事的，我認識他們。」

　　「講故事？」那個隊長定睛看了曉星一眼，好像想起了什麼，「哦，我認得，你是在電視台現場寫作，得了冠軍的那位作家。」

　　「是呀是呀，我就是那個作家。謝謝你記得我！」曉星乘機套近乎，「警察叔叔，讓我去幫小朋友吧，我去做人質把小朋友換出來。」

　　其實曉星未來之前一刻，這名警察大隊隊長就剛跟綁匪談判，要求換人進去，把小朋友換出來。但被綁匪拒絕了。他們可不笨，怕換來的人是警察扮的。

　　隊長看了曉星一眼，搖搖頭：「不行不行，你自己不也是個小朋友嗎？」

　　「我還是比他們大啊！讓我去換他們吧！」曉星懇求。

　　隊長撓撓頭，有點為難。因為互聯網發達，五十多名小朋友被綁架一事已傳開，國內許多人已密切關注，許多人還在網上論壇發表言論，攻擊警方辦事不力。

　　警方想進去救人，但又怕綁匪絕望之下傷了小朋

友；而綁匪提出的要求，有關部門又未回覆，隊長都挺為難的。

曉星見隊長猶豫，說：「放心好了，我是個作家呀，我能寫能說、聰明伶俐、人見人愛、花見花開、臨危不懼、寧死不屈、大義凜然、氣定神閒、不屈不撓……」

曉星一連串的四字詞把隊長搞暈了，趁着他發呆的時候，曉星跑向孤兒院大門口，大聲說：「我是來換小朋友做人質的。如果你們不想繼續當帶孩子的保姆，就讓我代替他們做人質。我未成年，長得瘦小，所以威脅不到你們，但我年齡又比小朋友大，我肯定不會哭不會鬧，肯定聽話。」

曉星不知道，他這番話正說中了那兩父子的煩惱事。

原來警察們在外面一喊，小朋友們又哭起來了，大吵大鬧的，哭着喊着要出去、要吃飯、要去洗手間，有的還說肚子痛要去找醫生，五十多個小朋友一齊發出聲音，把兩父子弄得頭昏腦脹。

有心把他們放出去，但政府又未答應他們條件，只好死撐着。這時聽到曉星喊話，不禁心動。那中年大叔從門縫往外看，看到說話的的確是未成年人，而且身形瘦小，對他兩父子不會形成威脅，便有點心動

了，他也實在不想留着那五十多個小朋友。

　　中年大叔想了想，對少年人說：「我剛才見到走廊盡頭有個後門，你帶那班孩子從後門悄悄出去。盡量別讓警察發現，免得他們趁着小朋友出去時衝進來。」

　　「好的，爸爸您小心。」少年人擔心地看了看中年大叔，便去招呼小朋友了，「安靜，安靜，我現在就帶你們出去。你們乖乖的，一個跟一個……」

　　小朋友們像一羣小鴨子般，踢踢踏踏，一窩蜂跟在少年人後面。

　　那邊少年人剛帶着小朋友往後門走去，這邊中年大叔就打開門，一把將站在門外的曉星扯進來，又「砰」一下關上了門。中年大叔扯了一塊布窗簾下來，撕成布條，把曉星的雙手綁住。

　　這時少年人把小朋友送出後門，也回來了。

　　三人一時無話，曉星眼睛骨碌碌地打量着兩名綁匪，兩名綁匪也在打量着新的人質。

　　曉星這時心裏並不太害怕，這兩人跟他看電視電影裏的綁匪很不一樣，起碼不是那麼兇神惡煞的。少年人樣子還挺純良的，臉上總帶着一副無奈的表情；中年大叔雙眉緊皺，好像心事重重，憂心忡忡的。

　　「坐下！」中年大叔被曉星盯着很不舒服，有點

惱火地指了指一張靠牆的沙發。

「哦。」曉星挺聽話地坐下了。

中年大叔對曉星的表現表示滿意，他拉了拉少年人，兩人走到門邊，一起從門縫看出去，觀察外面情況。

「爸爸，怎麼辦？他們還是讓我們等，是不是？」少年人眼睛離開門縫，朝中年大叔看過來，「他們別是緩兵之計吧？」

「再等等吧！」中年大叔有點煩惱。

少年人扭頭看了曉星一眼，湊近中年大叔小聲說：「爸爸，咱們這樣做究竟有沒有用的？」

中年大叔也小聲說：「沒用也得試試！不為了別的行家，也為了我們自己。要是我們的營業許可證拿不回來，我們就要破產了。爺爺辛辛苦苦幾十年才建立了這家工廠，臨終時還特地叮囑我們要把它發揚光大，但現在，光大是肯定沒可能了，破產卻逼在眼前。到時我們就一無所有，連房子都沒得住了。到時，你年老多病的奶奶怎麼辦？你那半身不遂的媽媽怎麼辦？你年幼的妹妹怎麼辦？還有，那幾百個工人就要失業了。所以，我只能搏一搏，如果逼得他們發還營業許可證，我們還有一線生機……」

少年人擔心地說：「要是政府蠻不講理，命令警

察用強的，要抓我們，甚至殺死我們，那我們怎麼辦？到時真要拿那男孩的性命嚇阻警察，或者用他來擋子彈？」

中年大叔瞅了曉星一眼，十分糾結：「這……我……唉，其實爸爸真有點做不出。」

少年人頹唐地低下頭：「那我們會被抓住的。」

中年大叔咬咬牙說：「要是那樣的話，我就把所有事扛了，說你是被我強迫的。你回家以後，好好孝順奶奶和媽媽，照顧好妹妹，爸爸一個人去坐牢。」

少年人猛地抬頭：「不行，我來認罪，你回去照顧家裏……」

175

兩父子說着說着爭執起來了。

他們還以為小聲說話別人就聽不見，誰知道曉星一句不漏全聽去了。

第 22 章　請你教我做個好國王

　　曉星知道正如自己之前判斷的，這兩父子絕不是窮兇極惡的人，他不由得大大地放了心。其實他也不想把性命丟在這什麼鬼天球上，他還想活着回到親人和朋友身邊呢！

　　「哈囉，喂！」曉星朝那兩父子喊話。

　　「幹什麼？」中年大叔故作兇惡地喊道。

　　「叔叔，哥哥，我看你們也是好人，為什麼要做這綁架的事呢？而且，還是綁架一些手無寸鐵的孤兒院小朋友。」

　　中年大叔聽了，竟有點臉紅起來，他說：「唉，我也是無可奈何。我們家開了一家織布廠，因為產品在設計和質量方面都口碑很好，所以在行內銷量一直領先。沒想到這就讓四大貴族眼紅了，一個多月前，他們要陰謀詭計，硬說我們僱用非法勞工，濫用職權強令我們停業，還把營業許可證沒收了。停業的結果是債台高築，工人失業，我四處求救都沒結果。今天一大早，我和兒子又去了四大貴族把持下的工業發展局申訴，竟然被視作無理取鬧，給趕了出來。我被憤怒衝昏頭腦，路過這裏時便跑了進來，想抓個人做人

質，沒想到裏面有這麼多小孩子，但要離開時，已經被人發現了，被堵在屋裏大喊捉賊，我只好……」

「哦，原來是這樣。就是嘛，我覺得你們倆都不是那種要欺負小孩子的人。」曉星點點頭，又說，「對你們的遭遇，其實我深表同情。那四大貴族真是太霸道了，我也是受害者呢！」

「哦，你也是受害者？那你給我說說情況，如果有機會見到有關官員，我也替你討個公道。」中年大叔聽了，馬上拉了張椅子坐到曉星身邊，一臉的關切。

曉星心裏歡道，是個好人哪！他說：「我們是開出版公司的，因為出的書暢銷，早前出版總會便強令我們公司停業，新書也沒收了。」

「啊，真該死！他們就是這樣無恥，這樣霸道！」中年大叔用拳頭一捶桌子，「你們是哪個出版公司的？」

「五小福出版公司。」

「五小福出版公司？」少年人睜大眼睛，「就是出版《劫機疑雲》的那家公司？那你認識馬小星嗎？」

「馬小星？我就是呀！」曉星有點得意地說。

「你就是作家馬小星！哇，真的？哇，我竟然見

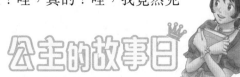

到馬小星真人了！怪不得有點臉熟，我看過你在電視台跟四大貴族的人比拼，在現場寫作中拿了冠軍，簡直是吐氣揚眉啊！」少年人眼裏放光芒，原來他是馬小星的超級粉絲呢。

少年人一屁股坐在曉星對面，興致勃勃地說：「我太喜歡那幾本書了，《大腳板童話》、《尋人啟事》、《劫機疑雲》，都很好看！」

「嘻嘻。」曉星尾巴快翹上天了，幸虧他還知道保持一點謙虛，「沒有啦，《尋人啟事》和《劫機疑雲》最好，《大腳板童話》，次好吧！」

「都好，都好！」少年人原來是個好奇寶寶，他湊近曉星，問道，「你好棒啊，怎麼想出這麼好看的故事？太厲害了！」

少年人又轉頭央求着：「爸爸，馬小星作家是好人，別把他綁着，好嗎？」

少年人把有關馬小星的事全告訴了爸爸。

中年大叔平日忙得要命，並不知道作家馬小星的事跡呢，聽兒子這麼一說，也肅然起敬。敢同四大貴族抗爭，還贏了呀！簡直超級棒啊！中年大叔步兒子後塵，也變成粉絲了。他手忙腳亂地把綁着曉星雙手的布條解了，還一疊聲說對不起。

曉星甩了甩發僵的手腕，說：「叔叔，您有沒有

想過，四大貴族很有可能不答應你的要求，他們不允許權威受挑戰。儘管你有人質在手，他們也不管不顧。因為他們只顧自己利益，是不會管別人死活的，他們有可能對你們採取強硬手段呢！」

中年大叔長歎一聲：「都怪自己一時腦袋發熱做了傻事。不過，我也是走投無路，才這樣鋌而走險啊！」

「咱們三個臭皮匠，來商量一下，看有什麼辦法。」

三個人開始想各種解決辦法，卻不知道危險逼近呢！原來小朋友都跑出去後，警察大隊隊長就接到了警察局長通知，要他們馬上勒令綁匪無條件投降，如果遭到拒絕，就向綁匪發放Ａ級氣彈。

隊長大吃一驚：「使用Ａ級毒氣彈？這、這怎麼行?！那Ａ級毒氣是會破壞人的神經系統，令人變成白癡的呀！先別說那兩個綁匪並沒有殺人，罪不至此，而且裏面還有個少年作家馬小星啊，他是為了救那些小朋友而主動做人質的，怎可以傷害他？另外還有孤兒院的老院長在裏面呢！」

「住嘴！身為紀律部隊人員，應無條件服從上級命令。理解的要執行，不理解也要執行。別問那麼多為什麼！那兩父子竟敢向四大貴族挑戰，就應該受到

嚴厲懲罰。那馬小星之前令四大理事丟盡了臉，四大理事早就看他不順眼，這次他撞在這個案子裏，四大理事已經發指示把他一塊收拾了。至於那位老院長，就算是為了社會治安而犧牲自己吧，即使成了白癡，也癡得光榮。你最好放聰明點，馬上執行命令，否則以抗命罪把你撤職查辦！」局長說完，「咔」一聲掛了電話。

怎麼辦？隊長看着手機，愁眉苦臉。怎可以昧着良心做這些事啊！

隊長就這樣發起呆來。突然，「鈴──」手機又響了起來。他趕緊接聽：「怎麼沒動靜？你要抗命嗎?!」

「不，局長，局長，你聽我說，我過不了自己良心這一關……」

他馬上被對方的怒吼震痛了耳朵：「好，你被撤職了！把電話交給副隊長。」

「是！」隊長無可奈何地應了聲，把電話交給旁邊的副隊長。

「嗯，嗯。」副隊長邊聽電話邊看了隊長一眼，「是，堅決執行命令。」

隊長拿回自己手機，低下頭黯然離去。

副隊長朝隊員大喊道：「A級毒氣彈，準備！」

局長跟隊長説話時，曉星和那兩父子也在商量解決辦法，曉星突然聽到接待櫃台那方向傳來了一聲「救命」。

曉星一愣，「嗖」地站了起來，朝接待處那邊跑去。

只見接待處櫃台裏面，地上坐了一個小女孩，她被綁住雙手雙腳，嘴邊還掛着一條小毛巾。顯然小毛巾原來是塞在她嘴裏的，被她吐出來了。

「刁蠻公主?!」曉星一下認出來了，「你怎麼在這兒？」

原來，之前菲菲小公主鼓動小朋友嘈吵哭鬧，中年大叔一氣之下，把她綁了起來，嘴裏塞了小毛巾，把她塞在櫃台後面了。不過後來把她忘記了。

「死男僕，來了也不來救我！」菲菲小公主氣呼呼地説，「要不是我呼救，死了你也不知道。」

曉星瞪了她一眼：「誰知道這櫃台後面有人。你別動，我先替你把繩子解了。」

曉星邊解繩子邊問：「我説刁蠻公主，你怎麼跑到這裏來了。」

「人家是來找你的嘛，想跟你解釋這星期我出國了，所以才沒給你作證大管家發帖子的事。」菲菲小公主嘟着嘴，「沒想到撞到壞人了。就是這兩個

人！」

　　菲菲小公主指着中年大叔和他的兒子。

　　「對不起！真是對不起！！」兩父子一齊搔搔頭，都有點尷尬。剛才他們還真把這小傢伙忘了呢！

　　少年人拉拉曉星衣角，小聲問：「她真是公主？」

　　曉星點點頭。少年人說：「我還以為她冒充的呢！」

　　「知道怕了吧！」菲菲小公主鼻子哼了哼，「哼，你們以為一聲對不起就可以讓我原諒你們？哼，除非跪下舔我的腳趾頭！」

　　菲菲小公主撇撇嘴，小鼻子朝向天空。

　　「刁蠻公主，你就原諒他們吧，他們也是無可奈何。」

　　「好啊，那男僕你代他們舔我腳趾頭！」菲菲小公主眼睛眨呀眨地盯着曉星。

　　「舔你個頭！好，以後別想我講故事！」曉星怒氣沖沖。

　　「男僕別生氣啦，跟你鬧着玩呢！」菲菲小公主使勁一拍曉星的臂膀，又一本正經地對那兩父子說，「其實剛才你們說的事情，我都聽見了，如果真是四大貴族對你們不公平，我會請父王過問，公平處

公主的故事日

理。」

「真的？那太感謝了！」兩父子大喜。

「不錯哦，公主還有正義一面。不過，那四大貴族在天宙國橫行霸道、神憎鬼厭那麼多年，你父王怎麼就不管管呢？」曉星說。

菲菲小公主說：「爸爸喜歡天文學，還是個天文學博士呢！只是爺爺去世，他是獨子不得不繼承王位。他根本就不想當國王，所以就把國家大事都交給四名內閣大臣打理，自己一天到晚做實驗、觀星星。」

「唉，怪不得四大貴族肆無忌憚、橫行霸道了。」曉星歎了一口氣，「聽說你以後是要繼承王位的，你到時可不能像你父王那樣，當甩手掌櫃，把什麼事都交給四大貴族，放任他們濫用職權，搞到天怒人怨。」

菲菲小公主點點頭：「知道啦！我會趕快長大，做一個英明偉大、愛護子民的好國王。不過，男僕，你要教我怎樣做個好國王，更要經常給我講故事哦！」

曉星瞪起眼睛：「都讓你別再叫男僕！」

「不能叫男僕？那好，叫死男僕好了。」

「你……」曉星氣得鼻子生煙。

「嘻嘻嘻……」小惡魔好得意。

正在這時，門外有人用喇叭喊話：「裏面的人注意了，請你們馬上投降，請你們馬上投降！一分鐘後不投降，就施放神經病毒氣，讓你們全變成神經病……」

菲菲小公主一聽大怒，她「砰」地拉開大門，怒氣沖沖地喊道：「你才是神經病，你全家都是神經病！」

第 23 章　快請精神科醫生

「男僕，孤兒院還欠的錢你不用替他們還了。」

「啊，你替孤兒院還錢了？」

「沒有。我讓警察去教訓那些放高利貸的黑社會了。他們承認之前利息太高了，所以答應餘下那二十萬不用還了！」

「不錯不錯！」

「我已請父王從慈善基金裏撥出一部分給孤兒院，以後老院長不愁沒有經費了。」

「恭喜你開始做好事了。」

「大小綁匪……」

「沒禮貌。應叫大陳先生小陳先生。」

「好的男僕。我已根據你的意見，讓爸爸過問大陳先生家工廠的事。現在已經證明是合法的，現在他的紡織廠已經復工了。」

「做得好！」

「我按你的吩咐，把四大貴族做的壞事都告訴爸爸了，爸爸很生氣，他準備大力整頓國家管理層。」

「記得我跟你說過的，有關香港廉政公署的事嗎？」

「記得。廉政公署以執法、預防及教育等三管齊下的方法打擊貪污，致力維護香港公平正義、安定繁榮，也使香港成為全球最廉潔的地方之一。我已經向爸爸建議成立天宙國廉政公署，清查四大貴族做的壞事。」

「恭喜小公主小朋友做了多件好事。」

「小朋友做了好事，不是應該有獎品的嗎？」

「你想要什麼獎品？」

「嘻嘻，當然是故事啦！」

「好啊，我們五小福約好了下午去海邊釣魚。你也來吧，我邊釣魚邊給你講。」

「好啊！耶！」

於是，一個風和日麗的下午，菲菲小公主在一大羣護衞的保護下來到了海邊。

見到曉星和小福們已經各自找到喜歡的位置，靜靜地垂釣，小公主便命護衞們一邊玩去，自己扛着根釣魚杆，朝曉星走去。

「我來了！」小公主坐到曉星身邊，一眼看見曉星的魚杆在動，便嚷嚷起來，「哎，咬鈎了咬鈎了，快拉上來！」

曉星其實也看到了，他立即把魚杆往上一提，卻提不起來。哇，這麼重，肯定是條大魚。

「加油，加油，使勁點！」菲菲小公主拍着手喊道。

曉星憋足力氣，正想再拉，沒想到那魚杆往下一沉，那道力氣把曉星一扯。

「噗通！」曉星掉海裏了。

曉星兩手兩腳拚命划，划……

咦，怎麼沒有感覺到在水中的阻力？曉星睜眼一看，發現自己躺在海灘上，像隻仰面朝天的烏龜般，在滑稽地划動四肢。

「曉星，你怎麼啦？」

兩個女孩在俯身看他，都一臉的驚訝。

「小嵐姐姐？曉晴姐姐？」曉星一個鯉魚打挺跳了起來，「我回來了，哈哈哈哈，我回來了，哈哈哈哈……」

小嵐和曉晴更加詫異了，這傢伙剛剛還好好地在釣魚，怎麼一下就發起神經來了，盡說些莫名其妙的話。

「小嵐姐姐，曉晴姐姐，我成了著名作家了。我的書好好賣哦！我還在現場寫作中打敗了四大貴族的人。我還調教過菲菲小公主，教她怎樣做個好國王……小嵐姐姐我向你道歉，我在天球把你兩本書出版了，錢也用來救命了，對不起，實在對不起，請你

原諒我好嗎？……」

　　小嵐和曉晴交換了一下目光，小嵐小聲説：「趕快打電話給萬卡哥哥，請他派個御醫來，指明要精神科的……」